草木来信

张羊羊 著

长江出版传媒　长江文艺出版社

图书在版编目（ＣＩＰ）数据

草木来信 / 张羊羊著.－ 武汉 ：长江文艺出版社，
2021.3
　　ISBN 978-7-5702-1936-0

　　Ⅰ. ①草… Ⅱ. ①张… Ⅲ. ①散文集－中国－当代
Ⅳ. ①I267

中国版本图书馆 CIP 数据核字(2020)第 270429 号

插画：徐子晴
责任编辑：周　聪　　　　　　　　责任校对：毛　娟
封面设计：颜　森　　　　　　　　责任印制：邱　莉　　胡丽平

———————————————————————————————————————

出版：长江出版传媒　　长江文艺出版社
地址：武汉市雄楚大街 268 号　　　　邮编：430070
发行：长江文艺出版社
http://www.cjlap.com
印刷：湖北恒泰印务有限公司

———————————————————————————————————————

开本：880 毫米×1230 毫米　　　1/32　印张：8.25　　　插页：2 页
版次：2021 年 3 月第 1 版　　　　2021 年 3 月第 1 次印刷
字数：138 千字

———————————————————————————————————————

定价：45.00 元

———————————————————————————————————————

自　序

伯劳，乌桕，采莲，飞鸿……南朝乐府《西洲曲》越读越美。一页即可翻过许多往事。"南风知我意，吹梦到西洲"，好一个"吹梦"。

一直有个梦，给故乡写一本书，写那些草木，仿佛故乡美丽大眼睛上的睫毛。快十年了，才写了这样薄薄的一本。正如我在一篇短文里写孩子在妻子肚子里快两个月，到写完时孩子已经出生了快十个月。

其实，我挺讨厌别人说，一本书写了多少多少年，说得有点呕心沥血。十年前，我写了第一篇植物《葵花》，人呢有点懒散，十年下来慢慢积攒了五六十篇文字。一直打算结集出版，可总觉得还有什么没写到，似乎对不住它。写完《苦楝》，觉得《木槿》也要写写，所以在写完《萝卜》以后，我就暂停了。

这十年里，写植物的人越来越多，书也一本一本地出来，其中还有好几个我熟识的朋友。有的只写两三个月就够了，有的写了半年。我的节奏，似乎与对故乡的爱不成正比，我也犹豫过，我的这一本是不是有点多余。有段时间里，我甚至不敢提及"草木"两个字，像不敢提起"村庄"一样，我怕别人会厌烦。

想起《诗经》里第一个出场的植物：荇菜，多少年来人们还在反复书写，我就安慰自己，我所写下的草木有我个人的符号，我写它们时充满了感情，所以应该让它们住在我的"庭院"里，美好地生活下去。

每一种草木，会让我想起妈妈的面容。诚如我在《蒲公英》的结尾里写下的"蒲公英飘絮的时候，我就想起了祖先，毛茸茸的祖先"。因为年龄、心境的缘故，我对文字的表述有了明显的变化。但十年对草木的书写，它们让我学会了更加诚实。

有时候我觉得不是我在写它们，是它们在一一给我写信。这样的一本书，装满了我温情的记忆，我还有一个美好的心愿，我的孩子和他的小伙伴们可以去多认识一种植物，那意味着多了一个好朋友，从草木那里，我们可以辨识妈妈永恒的面容。

让-玛丽·佩尔特在《植物之美》里说，"生命的形式多种多样，没有它们，人类的生命也不会有什么前途"，我特别喜欢这句话。

写完《萝卜》以为可以定稿了，一年后又写了篇《蘑菇》。就像二〇一六年冬至日写好的序，直到二〇二〇年立夏时节加上了这最后一段。

二〇二〇年立夏

目　录

青　菜

　　青菜是故乡写给我的第一封信。

　　这信读来怀有柔软的忧伤。像极清明前的刀鱼，那鱼刺虽可以下咽，下咽时也挠了挠喉咙，痒痒的。我的房间有幅小尺水墨，这画画的人还算高明，虽比不上白石老人的雅趣，那几笔淡墨却还能让人感受到小家碧玉的骨感（我一直觉得青菜是有骨头的）。想起风轻云淡的日子，故乡的田野像一张印有清新底纹的稿笺，一垄一垄的平整底线，让一个孩子的笔迹那么整齐。我写着青菜青菜青菜，偶尔一朵野花就成了标点。

　　再次想起青菜的时候，我们都在聊着她。有的人叫白菜，有的人叫油菜，还有的人叫牛菜。我最不明白北方人为何叫青菜为白菜，我见北方的白菜，叶为淡翠色、茎为白玉色，我们南方喊黄芽菜。后来方知白菜有大白菜和小白菜之分，北方人称青菜为小白菜，大白菜就是可做韩国泡菜的那种。我喜欢青菜一直那么青着。

我认识不少叫小青的人，以前觉得小青这样的名字很普通，现在觉得小情趣里有大意境。就像诗人大草的一句诗"白菜顶着雪"，这就是大意境。可青菜长大了也会开花，那花也很好看。我不吃开了花的青菜，因为我不吃花。想到有人用茉莉花沏茶、栀子花炒菜，一沏一炒真有点水深火热，就没了兴致。

以前我把茄子叫作米饭的情人，再想想米饭和青菜更门当户对。可以毫不夸张地说，它配得上南方第一蔬这个称号。所有南方人的记忆里，都有她的倩影，她是南方妈妈平生做的最多的菜。我说不上是苦孩子出身，但八十年代的饭桌上不可能天天鱼肉。小时候放学回家盛好米饭一看桌子，免不了嘟哝一句"又是萝卜青菜"，可不管你愿不愿意，青菜几乎是常有的。倒是秋冬之际，有一种大头青，虽然矮墩墩、胖乎乎的模样有些"愣头青"，但它经过霜打后，稍微多煮一会就能吃出肉的味道。"一庭春雨瓢儿菜，满架秋风扁豆花"，郑板桥吃的瓢儿菜就是这种大头青。我还喜欢青菜配脂油渣炒。青菜油亮油亮的，渗透了猪油的香。

宋人朱敦儒有"自种畦中白菜，腌成瓮里黄齑"。南方人以米饭与粥为主食，青菜下饭，咸菜就粥（虽然我后来也喜欢吃点辣，但只能是偶尔，如果连续吃几餐，就很不舒适。我的肠胃已经习惯了稻米和清淡的苏锡菜）。由于那个年月冬季蔬菜的匮乏，每逢腌菜之时就准备越冬了。南方人腌菜，一取大青菜一取雪里蕻。在陶

青菜

缸内铺层青菜撒层粗盐，盐放多少，看主妇的分寸，小孩子洗干净脚踩在青菜上将它一层层踏透，最后加一块石头压实，经过十多天的浸渍，就可取食。如今在餐桌上，期待一道青菜的到来是那么漫长，它不再委屈于我儿时的埋怨，于山珍海味间重返了江南第一蔬的地位。我周围的人，还老是对我好奇，为何最爱喝的汤是咸菜汤。

你我的居所，早已相邻住着蔬菜的大棚。曾经各在天南地北，吃不同的五谷杂粮，现在仿佛只住在一个叫城市的地方，喝同一杯牛奶。我的房间常年摆着一盘水果，偶尔发呆望着它们时突然惊觉到一种妖娆，它们仿佛不是水果本身，而是一些伪劣的花瓶。草莓、香蕉、芒果、西瓜、蜜橘、甜橙……它们同时出场，就像春分挨着秋分，季节显得有点凌乱。这个农业智慧泛滥的年代，我再没有等候时令的热情，比如对我来说，春天是韭菜炒竹笋的清新之气，初夏的明媚在于红草莓的香甜之感。

当那些美丽的昆虫仅因最低的生存之需被类而分之为益虫与害虫的生命形式时，我对这个家园充满了不安全感。我信任那些被虫子噬咬过的青菜，与卑劣的农药无关。农药，源于人类的仇恨情绪与不自信，为了对付小小的昆虫，绞尽脑汁搭起了"积木"，这积木一坍塌，会压死搭积木的人（在核爆炸中所释放的锶 90，会随着雨水和飘尘争先恐后地降落到地面，停驻在土壤里，然后进入其生长的草、谷物或小麦里，并不断进入到人类的骨头里，它将一直保留在那儿，直到完全衰亡。同样地，被撒向农田、森林和菜园里的化学药品也长期地存在于土壤里，然后进入生物的组织中，并在一个引起中毒和死亡的环链中不断传递迁移。——蕾切尔·卡逊《寂静的春天》）。我为什么在写一棵青菜的时候，记录一段如此惊心动魄的沉重文字？我想，如果能遇到一位守旧而憨厚的农民，一瞥间他沉甸甸的担子里是那亲切的大头青，我会被一棵进城的餐霜饮露的青菜的内心打倒。

青菜是故乡写给我的第一封信。我炒青菜，从不用刀将她切段，而是一叶一叶地掰开，那是一句句耐读的信。暇间还可想想故乡那一畦畦惹人喜爱的碧绿，想起母亲们在筛子里和竹竿上铺放、晾晒青菜的状景，那里有她们勤俭的一生和储备的忧患……而此刻，还未学会发音的孩子，听我喊到青菜，他却也能对着墙壁上《幼儿识水果蔬菜图》的二十种图片，欢跃地用小手准确地拍了两拍。

韭　菜

如果我写一本书《草木来信》，都是关于故乡的花花草草瓜果蔬菜，如果没有写到韭菜，如果我的奶奶和母亲都有足够的阅读能力，我想，她们会轻微地数落我几句的。如果我开始写韭菜，并写下这么短短几行"我去吃烧烤，三五串韭菜是必不可少的。儿时奶奶或妈妈翻炒的碧嫩韭菜，躺在炭火旺蹿的铁丝网上也能闪出醉人的油亮，再撒上一些椒盐、辣椒粉和孜然调味，居然拧出了一股奇妙的好味道"后，她们是否会感到惊讶呢？

我能确定的是，奶奶和妈妈至今没有吃过烤韭菜，或许她们都不愿意理解韭菜会有这样的吃法，你让江南纤巧的小姑娘在春天穿了北方大汉的皮袄子，看着心里就疙瘩。

春韭秋菘，对于祖先的味觉记忆，我觉得一点也不要置疑。当年文惠太子问周颙，菜食何味最胜？周颙答，春初早韭，秋末晚菘。因为有先人说了，所以有人记载了，才有后人不断记住了。一个多么可贵的事实，早春的韭菜和霜降后的大头青，贴合时令，亦受天地宠爱于一身，难道还不味美？一撮韭菜，一棵青菜，一部饮食的春秋。于是我太想有个菜园子，因为我认识很多种子。

若说春菘秋韭，吃惯了也差不多了。后人中的一些，把韭和菘往锅里一起炒，加点物理和化学的佐料，再加点春、秋用反了的季节配料，吃得人都差点擦掉了祖先的味觉记忆。不知花了多少年，也不知死去了多少先祖，才留下那些长着健康脸庞的五谷杂粮。以前的蔬菜不仅可以当好蔬菜吃，还可以当好药吃，比如这韭菜，又叫"壮阳草""洗肠草"，而今的蔬菜只能当蔬菜吃，还得无奈地积存点"隐患"。所以，春韭秋菘的美好往事，只在少数如奶奶般年龄的老人门前的三分自留地里循环着，也差不多到了吹灯拔蜡的境地。所谓的有机绿色无公害食品，不过是给少数人有机会活得好些。

触露不掏葵，日中不剪韭。祖辈们耗费了漫长的时光，才大抵摸透了植物的生长习性，并给我们几句柔软的家训。"夜雨剪春韭，新炊间黄粱"，当年杜甫和卫八重逢，酒喝了不少，估计是自家酿的杜酒。家常便饭，即使吃的是午饭，也只能去剪把韭菜了。虽说没有佳肴，人生感慨多了，情谊也深得很。在我老家，韭菜割后，会盖点灶膛里扒出的草木灰，再浇上水以便很快萌发新芽。不知彼时彼地卫八的家乡有没有这种农事习惯。

韭花我没吃过，所有的菜花我都不吃。杨凝式午睡醒来，腹中饥饿，恰好有人相赠韭菜花，看来他口味很重，居然觉得韭苔也可口。读了他写下的日记《韭花帖》才知道，好吃是因为就着羊肉吃，"昼寝乍兴，輖饥正甚，忽蒙简翰，猥赐盘飧。当一叶报秋之初，乃韭花逞味之始。助其肥羜，实谓珍羞，充腹之馀，铭肌载切"，可以说比杜甫那顿吃得好，也可以说没杜甫口福好，韭菜韭菜，还是春韭最美。我的奶奶八十多岁了，除了春天她种不出韭菜，我吃了三十多年她种的韭菜，就是味道好。

杨凝式的字倒写得比韭花葱灵，还似几簇孩童时代的韭菜在斜风细雨里的天真，有好心情在跳跃，成了妙然天成的佳作流传了下来，有人评价"崒啄"（想起翟业军兄寄来的新著，书名有些老派文人的味道：《春韭集》。不明其意，翻后记，大抵符合了我的猜测，也提到了杜甫的"夜雨剪春韭"，不过他固执地认定这句诗不是指有朋自远方来便冒着夜雨剪些春韭来做下酒菜，是夜雨剪出了春韭，春韭的纤长、脆弱也只能为夜雨剪出。我说的是黄粱与春韭的日常生活，他说的是内心物我之化，这原本就不是要争论的事。巧的是，他也提到了"崒啄之情"）。

崒啄应同时。小鸡在蛋壳里吭啊，鸡妈妈在壳外啄，生命就诞生在那不早不晚的一刻。眼一睁开，春天来了！韭菜又嫩绿了，有时候我很想变成一只蚂蚁，穿过那一片高大的绿色的森林。

燕　笋

竹子长大了可以做鱼竿，编篱笆，妈妈们还用来晒衣裳。竹子小的时候，叫笋芽儿，很嫩，很好吃。那一抹淡紫透了出来，缀了细小露水，泥土仿佛有了眼睛。

"燕笋出时斑豹美，凤花开处杜鹃啼。"我没见过斑豹，那当是很美的样子，反过来想，它就穿着燕笋那样的衣裳。

韭菜也慢慢葱郁。

韭菜与笋，都抖落着土粒，却无丝毫浊气。

那么好的笋，那么好的韭菜，炒在一起，给了我一段过去了很久的忧伤的好时光。八岁的孩子快有一米二的个头，他在写第一篇作文《我的爸爸》：我的爸爸喜欢做饭，他做的菜色、香、味俱全。

我读了，有点儿捉襟见肘，刀板上没有几支十几二十厘米长的燕笋，还谈什么做拿手好菜呢？

冬笋吃了很长一季，有时炒雪菜，有时炖排骨，有时煨老母鸡。燕子回来了，也到了吃燕笋的时节，可我四处找不到一片小竹林。

平原上的燕笋秀气，长着南方水乡的小性子，剥完笋壳后肌肤细腻，嫩绿嫩绿的。不像那些毛笋、山笋，切片后得用水焯一下，才能去涩味。小燕笋还没入口，看几眼，就有"秀色可餐"的美妙。

我和那个宁愿没有肉吃也不能居所无几枝竹的人不同，我可以不吃肉，有没有竹子在屋旁无所谓，那几棵燕笋的小身体，好是馋人。像奶奶做的"月亮饼"，总给我几分念想。

人有念想，好像能多留住一丁点故乡。张季鹰想的是莼菜和鲈鱼，黄景仁想的是燕笋和刀鱼，都是一道素菜一道荤菜，但俗气点比一比，黄景仁的念想要比张季鹰的名贵一点，刀鱼的口感也不是鲈鱼可以相提并论的。黄景仁与我同乡，我也更能觉知他那"江乡风味，渐燕笋登盘，刀鱼上筋，忆著已心醉"的情感。

燕笋季节，除了刀鱼，还有一种被食客们反复念及、咂嘴的鱼，它叫河豚。所以我们那有一道菜，名为"燕笋河豚"。如果这道菜里，用毛笋替代燕笋，怕是要糟蹋了河豚。当然，我对河豚没什么兴趣，河豚汤汁里的金花菜味道极佳，若换上燕笋，则更是妙不可言了。

黄景仁送别万黍维归宜兴时，曾赋诗"语我家山味可夸，燕来

燕笋

新笋雨前茶"，又提到了燕笋。和笋并列的，则也是我一生爱好的东西。有时想想我也挺感动的，出生的地方，有这么多美好的事物关照着我们的口舌。

有年我在浙江长兴喝到一种茶，那鲜茶芽叶微紫，嫩叶背卷似笋壳，所以取名"紫笋茶"。初听，像是把我的两种心爱之物合并到了一起，一口春天下去，幸福得简直有点眩晕。

但紫笋茶是茶，没有笋的味道。

写燕笋不想写长，春天眨眼过去了一半，不知道今年还能不能吃到燕笋。

莴　苣

汉菜、莴苣与燕笋，这三样蔬菜，我总也不会吃腻。

莴苣和燕笋的配料一般相同，取春韭。若每日餐桌上有其一，我的食欲会大增。看一盘清炒莴苣，可以说赏心悦目。那莴苣，最好是《金冬心》里素炒凤尾的样子——只有三片叶子的嫩莴苣尖。

陆游的《新蔬诗》有"黄瓜翠苣最相宜"，一个"翠"字，说尽了莴苣的肌理。我老怀疑杜甫的"登于白玉盘，藉以如霞绮"说的不是莴苣，白玉盘确实配翠，可哪来"霞绮"一说？还是陆游的诗，对蔬菜颜色的描绘有细微的妙，他写汉菜时有"菹有秋菰白，羹惟野苋红"。读来满眼山水小品，好是明目。

有时候难以想象，表皮如此粗糙不堪的莴苣里包裹的却是玲珑的心。削皮时还渗出气味难闻的乳浆，而切细丝或切薄片后，用盐搽一搽，凉拌也好清炒也好，都是那么的爽口。我最不喜欢吃的菜叫生菜，有股苦味和药味，至今只吃过一口还吐了。我身边却有不

13

少喜欢吃生菜的朋友，也没见他们生吃过。或者炒，或者是火锅里烫。若是火锅里烫的，会影响我吃其他菜的心情。而我却刚知道，生菜是叶用莴苣的叶子，我喜欢吃的则是茎用莴苣，那么我是否错怪了杜甫？他爱吃的是生菜，有一种莴苣叶确实如霞绮的。但实在想不出，除莴苣之外还有其他蔬菜，它的一半是我极其喜爱的，另一半则是我极其厌恶的。

不知何故，像番茄、菠菜之类，莴苣这样的名字也让人觉得带有西域的色彩。遂翻资料，莴苣确为近东农作物，在唐朝为国人熟知。如果说，张骞的西域之旅，丰富了中国田野的内容的话，唐时佛教的盛行所改变的饮食结构，更促成了大量蔬菜品种进入中国大地。

有日听到《柳堡的故事》里那首老歌《九九艳阳天》，唱到"蚕豆花儿香啊麦苗儿鲜"，想起了四五月南方乡间长满了兔子的眼睛，我们在蚕豆丛中找"耳朵"（一种漏斗状叶子）的乐趣，想起饭桌上炒莴苣搭配了嫩蚕豆，与奶奶"吃一筷莴苣要吃一筷蚕豆"的唠叨。说是多吃了莴苣眼睛会模糊，而蚕豆是明目的。究竟是不是这么回事，至今我也没有去深究，但我从来没忘记过奶奶的话。我知道，这一代老人过世后，也再听不到来自民间代代相传的叮嘱了。我的失落，有部分正因为慢慢失去了的民间的慈祥。

但我相信奶奶关于莴苣与蚕豆之间的食用之法，就像我相信中

莴苣

药里植物间的默契。曾读到过周晓枫的一篇文章《纸艺里的乡村》："朋友有个偶然发现，他把玉米芯子埋进土里然后取出，就会形成一个凹坑，把从轴芯剥下的玉米撒进凹坑，其容积恰好盛进全部的颗粒。"我在想那个轴的容积去了哪呢？多次想去试一试证实一下，最后取消了这个念头。我隐隐然觉得土地自有它的秘密，有它的魔术和童话。格林兄弟吃着沙拉里的生菜就写出了《莴苣姑娘》这样的童话，饶有意思的是，那个王子双目失明后，莴苣姑娘就用两滴泪水润湿他的眼睛，从而恢复了视力。莴苣在童话里，反倒能明目。

当然，我始终牵挂着奶奶关于莴苣与蚕豆同食的叮嘱。起初我想的是陶弘景将食物分为"热性"和"凉性"，这一饮食平衡的西域法则可能也随佛教传入中土。莴苣与蚕豆皆为近东作物，莴苣性凉蚕豆性热，同食正好以持冷热平衡。后来又读了一些植物的营养学知识。比如莴苣，它的莴苣生化物对视觉神经有刺激作用，多食了会发生头昏嗜睡的中毒反应，导致夜盲症或诱发其他眼疾；而蚕豆，含有调节大脑和神经组织的重要成分钙、锌、锰、磷脂等，并含有丰富的胆石碱，有增强记忆力的健脑作用。于是方明白眼睛是否明澈，大脑控制的因素为多。但读了这些又突然感觉很无趣，当什么秘密也没有了的时候，我是不是会把奶奶的叮嘱忘记了呢？大概会忘记的。

汉　菜

　　清明蔬菜两头鲜。其实春分未到，汉菜就已上市，只是价格略高了点。

　　蔬菜中我最喜欢汉菜，叶茎鲜嫩，十分下饭。汉菜中我又偏爱红汉菜，或者说，我把汉菜的颜色默认为红色的那种，青汉菜好像与汉菜是不搭界的。有人说我这人过于挑剔，不挑剔的话那还有猪汉菜呢，也可以炒上一把吃吃。买回来的红汉菜我不喜欢炒，也不喜欢"上汤汉菜"放皮蛋的做法。水沸腾后，浇油、撒盐，拍两三个白生生的蒜头进去，一把红汉菜入锅，用筷子翻几下焯一焯就可起锅。拍的蒜瓣儿我家里人都不吃，可能是炒菠菜、炒荠菜的一个习惯，或者更像张爱玲的一个说法："炒苋菜没蒜，简直不值一炒。"紫红色的汤汁拌匀饱满的米粒，你可想象一下那诱人的状景。汉菜一直这么个做法，依然是对童年记忆的迷恋：小时候放学回家，一碗饭倒点中午吃剩的汉菜汤，夹筷猪板油拌一拌，甭提有多可口多幸福了。

汪曾祺先生曾在《家乡的鸭蛋》一文里提到，当地端午节的午饭要吃"十二红"，就是十二道红颜色的菜，他说他只记得有炒红苋菜、油爆虾、咸鸭蛋。扬州淮扬菜大师黄万祺说端午十二红的说法有多种，现在比较认可的有四碗八碟之说，四碗指红烧蹄髈、红烧黄鱼、红烧牛肉、红烧鸡块。八碟分四冷四热。四冷指咸蛋、香肠、莴笋、洋花萝卜，四热是炒苋菜、炒河虾、炒大粉、炒鳝丝。虽说这十二红都是夏令菜肴，要统一"红"这一主题，还需用酱油红烧或拌红，唯独苋菜是自然红。"菹有秋菰白，羹惟野苋红"，陆放翁又何尝不迷恋这媚红之色？

苋菜就是汉菜。有浅绿色、红色、暗紫色或带紫斑多种。小时候从不晓得汉菜的学名，也常写成"海菜"。吴越之地，你在饭馆用普通话点菜时一般可歪打正着，不受方言捉弄。到了方言之地外，点完七荤八荤后，服务员问还需要点什么蔬菜？你一本正经地说汉菜（海菜），她会愣在那，对不起，没有，来份菠菜怎么样？更有恰恰相反的笑话，服务员问蔬菜来份上汤苋菜怎么样？我看看她，什么上汤苋菜，来份清炒菠菜就行了。几次方言喊法和饭馆菜单上的名称无法对号入座后，我就留意了我喜爱吃的几种蔬菜的多个名字。

六月后红汉菜早不见四五月时的水灵劲了，茎抽得像棵树，开

汉菜

花结穗，还能隐约看得见黑亮的细籽，肯定是不能食用了。这模样有点像鸡冠花，当读到李时珍于这个时节所记载的苋菜容貌"与青箱子鸡冠子无别"时，不禁得意于自己能接近于李医生的感觉。周作人写《苋菜梗》时说从乡人处分得腌苋菜梗来吃对苋菜仿佛有一种旧雨之感。"旧雨之感"这词用得高明，把内心的微妙写到了极致，只是我弄不懂浙江人为何会腌苋菜梗吃？宁绍人似乎对臭美之物情有独钟，南京有道菜"金陵双臭"，用臭豆腐和猪大肠一起煲，我觉得挺鲜挺香的；宁绍人眼里的双臭极品是霉苋菜梗蒸臭豆腐，我想象从粗硬的茎里咬出一摊浓臭绿浆时的一瞬浑身要打个战。幸好腌苋菜梗取料用的是这六月的老汉菜梗，鲜嫩的汉菜一是腌不起来，要真用来腌就有点令人可惜了。

不妨再扯个话题，且不说资料真假。相传楚汉战争期间刘邦、项羽逐鹿中原，刘军曾被项军围困于河南荥阳。时值夏日酷暑，刘军缺粮断水，饥不择食的军士连死猫烂耗子都不舍得放过，患痢疾者不计其数，病倒一大片，完全失去了战斗力。军中无药可治，刘邦急得团团转。一老伙夫见此情景立即采来一大筐苋菜，煮成大锅汤给护卫刘邦的十几个军士吃下，不但痢疾好了，而且个个精神头十足，拥着刘邦杀出一条血路，突围而去。后来刘邦对着苋菜心存感激地说："赤苋，乃兴我汉家天下之菜也！"自此人们便称赤苋为"汉菜"。我挺喜欢这资料的，加上"蒉，赤苋"也由汉初的《尔雅》记载了，即便学士们为不使它因改朝换代而更名正式命名为"苋菜"，汉菜这名归吴越之地的百姓来用也最为合适。只是《尔雅》及一些古书用"蒉"来指汉菜我不太情愿，"蒉"指草编的用来盛土的筐子，且《吕氏春秋·达郁》强调精气流动的重要时说"水郁则为污，树郁则为蠹，草郁则为蒉"，这字给人以病恹恹之感，用来指汉菜有点伤感情。

还会继续到饭馆吃饭，继续在点满一大桌肥腻之食后听服务员的推荐，西芹百合可以吗？不要，那菜太富贵，我等平民百姓只需来份苋菜。苋菜多好，一个"苋"字凡有草的地方就能看见，朴实；再喊声汉菜，就如同在一份简历的"民族"栏里填下"汉"字一样。

霞　菜

　　周作人在日本生活过，他写一种鼠麴草，日本称作"御形"，与荠菜同为春天的七草之一。这七草我见《枕草子》中也提起过，嫩菜指春天的七种草，荠菜、蘩蒌、芹、芜菁、萝菔、鼠曲草、鸡肠草，正月七日采取其叶食作羹吃。福冈正信在《一根稻草的革命》也说到人们采摘春七草食用，不过，他一句"荠菜可说是萝卜的祖先"令我百思不得其解。萝卜即是七草中的萝菔，与荠菜从外形来看实在来去太大，之所以这么个说法，大概从药食同源上才说得通。

　　二〇〇八年腊月，苏南连下数日暴雪，天寒地冻，刚学会"雪"字发音的孩子正进行美好联想并翘首期待时一下子被这粗鲁的雪吓怕了，我属于稍大一点的孩子，因平生遭遇了两三回尚不觉得奇怪，只是几次去超市买不到蔬菜馅的水饺时，着实有些失望。直至大年三十去奶奶家吃年夜饭，临近晚饭时突然来了兴致，拎了

霞菜

把镰刀挽了个竹篮要去"挑霞菜"。还在读大学的表妹见了也缠着要去。我俩"挑霞菜"不断出现争论，就是哪个人挑的是真霞菜，哪个人挑的是不知名的野草，争论的话被奶奶听见了，扔了我们一句"两个活现宝"。

村里一个门房侄子抓过篮子，翻了翻我们半小时的收获，扔掉了近一半。他说麦田里、田埂上不到处是嘛。他夺过我手里的镰刀，三下两下挑了一把。我随手制止他放进篮中，质疑这老霞菜也能吃？他说只是被冻成这样，其实挺嫩的。我瞅着那一棵棵色泽暗淡、霜冻后已呈赭红色或紫色的霞菜，心生很不愉悦之感。霞菜在我的记忆里一直是碧翠的，尤其母亲下面条时刚捞出锅后柔白背景里凸现出来的诱人鲜绿，我依然要把这份印象喻作穿绿肚兜的年轻女性。一个多小时的收获配上四五个鸡蛋勉强凑成一盘。还别说，经水焯后，那些看似扫兴的霞菜恢复了本来面目，与金黄相衬后别有风味。我刚夹了两筷，这盘霞菜炒鸡蛋就底朝天了。

霞菜就是通常说的荠菜。"霞菜"只是我根据方言读音用"霞"字对它的个人命名，找不到出处，不妨一考以自圆其说。清顾景星（1621 年~1687 年）《野菜赞》里记录"霁菜：冬至前米雪后得霁而生也。一作荠，俗作地，多在圃地与路傍畜牧处作土香。二月小白花，结子三角。三月三日妇女小儿簪之，云辟疫。是日采茎剔灯，辟蚊。吴人谓之邪菜。"三个信息：一为吴地人用荠菜辟邪，称它为邪菜。而"邪"在吴侬方言里读"xiá"，与"霞"字读音同；二是荠菜有"霁菜"的叫法，"霁"与"霞"同从"雨"部，与天气息息相关，荠菜本就时令蔬菜，紧随物候；三是荠菜"米雪后得霁而生"，"得霁"是天气放晴，也许会霞光漫天，与被冻的紫红荠菜相映成趣，荠菜就像做客大地的朵朵彩霞。我觉得"霞菜"之名可以成立，也找不到更合适读"xiá"音的字来替代了。

对霞菜我为什么要用"挑"而不是"挖"或"割"呢？"挖"与"割"太有目标性了，霞菜是野菜，长于杂草之间，首先需要凭眼力"挑选"出来；对于霞菜这种小家碧玉，"挖"是不是生猛了点？即便用本义是挖的"剜"字感觉还稍婉转些。萝卜是需要挖的，要不你吃不到萝卜；韭菜则是割的，要是挖了它的根这一季你就只能吃上那么一回。霞菜身体轻盈，整棵如莲花座贴在地皮上，割的话一棵霞菜整个会散架碎为一瓣一瓣，它也不需费劲去挖，对着它的根部，用镰刀尖轻轻一"挑"就出来了，清洗起来也不费力。"时绕麦田求野荠"，拨开麦苗上的雪被，确实有许多细嫩的小荠菜混居其中，连"挑"都用不着，捏住根部一拎就出来了，稍一抖动泥土尽落，清清爽爽，只是这荠菜还处幼儿时期，小得不忍多取。

八百年前，辛弃疾俨然像个老中医把着城乡之脉：城中桃李愁风雨，春在溪头荠菜花。也是，我刚在乡村挑过霞菜，农历二月中旬它们已抽薹开花，城里绿化地带就常能见到白色的细小之花。这霞菜开花与马兰头一样，花放之后意味着被人遗弃，老了就不再被食欲顾及了。这城里的霞菜大概是跟着某块泥土远道而来，泥土里藏有霞菜的种子，发芽，生根，沦落成模块化风景里的次要部分，像墙壁上赝品的画。在城市园林布局中它的绽放毫不重要，唯有如我之类的乡村孩子看见了还能陡生一丝感触。霞菜开花后，会结呈倒三角形的扁平果实，继续撒下许多种子，无偿地为城市平添几分乡野情趣。

与栽植的菜蔬不同，霞菜本质是野菜，你见不到整齐的生长队伍，"唯荠天所赐，青青被陵冈"（陆游《食荠十韵》），它就该星星点点缀在平原的沃野上。野霞菜与种植菜蔬的不同就如一个食客对于家禽还是野味的判别，爱霞菜者肯定多于爱青菜者。汪曾祺的一道吃法没试过也不想去试：荠菜素炒，加香油，熟时再加入一点高粱酒，味道不错。我不认可，荤食加点温性黄酒可和腥，这明明白白的素菜加烈酒是不是画蛇添足了？

霞菜团子、霞菜春卷、霞菜馄饨、霞菜包子……面粉之内欣绿色心脏，曾点亮过祖辈们的生存信念，在三年困难时期，它们带给他们的生理补给有着脐带般的恩情。连无法想象的树皮和观音土都啃食了，若能常吃乡野遍地的野霞菜，祖辈也就不至于留下过多辛酸的命运感叹。

　　记下那个农历新旧年交替的日子的傍晚：两把犹豫的镰刀暴露出我们忘记出身与来历的危险端倪，一个热爱乡村的孩子却告诉了我他是那么熟识野菜，那么亲近故土上的事物，如那一棵棵霞菜，紧紧贴在大地的胸怀上，怀有令人肃然起敬的感恩之心。

马　兰

　　在小镇谋职的朋友送了几包菜干来，我觉得奇怪，好好的春天，蔬菜正嫩着，吃什么菜干啊。泡了一簇打算烧蛋汤，泡开后马兰的样子就出来了，且清香扑鼻，忍不住抿了一口。于是询问这是马兰茶吧？对方证实了我的想法。长这么大了，马兰当茶吃还是第一次，真是新鲜事。

　　"马兰不择地，丛生遍原麓"，长江流域的田埂、沼泽、湿润的土地上，生长着这种并不起眼的植物。时至今日写到马兰，我想我要把它分成两个部分。

　　我割过几年草，喂羊。镰刀游走青草腰间时发出丝丝声响，在不平整的地面上，我左手的指头不止受过一次伤，血流不止。我会摘一种椭圆形的草叶，捻搓几下，等它变色有温润感时，敷在伤口上，管用。民间有许多事我不明其道理却早已约定俗成，并且一代代相沿成习。后来我晓得李时珍没骗中国底层百姓：马兰可破窑血，

马兰

养新血，止鼻血，吐血，合金疮……

这是我要说的第一个部分：春风一吹破土而出的马兰鲜嫩茂盛，摘其嫩茎叶作蔬菜称马兰头。中国八大菜系之一的苏菜有四个派系：金陵菜、淮扬菜、苏锡菜和徐海菜。我在南京生活过一段时间，往返于各大小酒局几乎占据了这些生活的三分之一。南京是个饮食大杂烩城市，但金陵菜口味平和，善用蔬菜，驰名的有"金陵三草"和"早春四野"，其中少不了的就是马兰头。

马兰头也是我的家乡对马兰最普遍的昵称，大概男女老少都叫得出来。马兰头通常的做法：焯熟去苦味，切碎，放点盐和麻油凉拌，也有在里面加点碎花生米、五香豆腐干的；如果清炒的话，在滚油里翻几下即可起锅，青翠欲滴的色泽特别赏心悦目。吃起来嫩滑嫩滑的，感觉清爽，略带一股清淡的药香。《随园食单》里有"马兰头菜，摘取嫩者，醋合笋拌食"的做法，这我倒没尝过，基于袁枚的声名我看不妨一试，况且他的经验是"油腻后食之，可醒脾"。

我要说的第二个部分是马兰花。那是一则民间游戏：女孩跳牛皮筋时唱："小皮球，香香球，马兰开花二十一。二五六、二五七，二八二九三十一……"

我一直未察觉到这首童谣里的秘密部分：马兰花。小引写过一首诗，"马兰花是什么花/从小我就不知道/课间休息/女生老这么唱/她们唱/她们唱/二五六　二五七/二八二九三十一/现在我三十一了/但我还是不知道啊/马兰花/她到底是什么花"。

是的，我也快二十九了，我面对的是一种无以名状的尴尬，马兰开的花到底是什么花？我开始质疑自己的记忆，里面究竟包含着多少不确信的成分。马兰花不是马兰开的花，马兰开的花是什么花？我只能叫它马兰花。这听起来没有逻辑，但马兰开的花和马兰花是两个概念。

鸢尾科的蠡草也被叫作马兰，其实是一种误称，正确的叫法是马蔺，它开的花花瓣一半向上翘起，一半向下翻卷，叫马兰花，学名鸢尾花。我的故乡对它主要有两种叫法：蝴蝶花、扁担花。《诗经·大雅·旱麓》曰"鸢飞戾天，鱼跃于渊"，鸢的俗称是老鹰。顾名思义，马兰花与鹰尾颇相似，比二月兰瘦小，就是舒婷《会唱歌的鸢尾花》的主角。我说的马兰是菊科多年生草本植物，也就是马兰头开的花：花蕊是黄色的，花瓣是淡紫色的。

为什么我没注意过马兰会开花呢？奶奶说马兰头开花就变老了，成不了盘中蔬菜，谁还去在乎它？奶奶说的有道理，这一簇簇、一丛丛绿亮的马兰头鲜嫩时容易入眼，老了确实没有了值得关注的理由，因为开的淡蓝紫色小花颇像菊花，可能就成了马兰别名"路边菊"的来由。我们漠视过太多的生命了。有时候想想会为马兰感到委屈，可它才不在乎呢。它谨记，在土地上沉默为好，《楚

31

辞》都把它视为恶草了，汉代东方朔为屈原报不平作《七谏·怨世》诗："……枭鸮既以成群兮，玄鹤弭翼而屏移。蓬艾亲人御于床笫兮，马兰踸踔而日加……"把蓬蒿、艾草、马兰都喻为小人。马兰不管，清者自清，它把唯一的语言融入"一岁一枯荣"的自然法则。

在写马兰的这个午夜，我反复听着清新自然的天籁童声，那是李思琳给我的一份礼物：青山一排排呀，油菜花遍地开呀，骑着牛儿慢慢走，夕阳头上戴。天上的云儿白呀，水里的鱼儿乖呀，牧笛吹到山那边，谁在把手拍。这里是我的家，这里有我的爱，爷爷说过的故事，我会记下来。这里是我的家，这里有我的爱，外婆唱过的童谣，我会把它唱到青山外。

童谣里呈现的是另一个诗意的故乡，童谣叫《马兰谣》却对马兰只字未提，令我很不安心。可我静下心来聆听，温习模糊远镜头里的辽阔背景时，分明看得见绿亮的马兰头正闪烁着从容不迫的生命。由此我确信了童谣鲜活的生命力，在呼喊着我们日渐疲惫的心灵的一次次回归——几年后，我写下了一本诗集，也叫《马兰谣》。

萝　卜

　　想起写萝卜是因为我的孩子。"拔萝卜，拔萝卜，嘿呦嘿呦拔萝卜"，脆生生的，仿佛有新鲜萝卜的汁水在流淌。他总是毫不厌倦地唱那首儿歌。听起来还好像真使了很大的劲。其实他哪拔过萝卜啊，也没有萝卜地给他去一边唱一边拔了，所以他怎么唱也不会有多深情。或者说，他用可贵的想象比我小时候拔萝卜拔得更深情。

　　先说胡萝卜吧。某个荷锄而归的庄稼汉，也不知是不是腹里饥饿难耐的缘故，就在身旁的萝卜地随手拔了根胡萝卜，是不是自家的萝卜地没多大关系，没人会为丢了根萝卜去计较的。他在裤管或衣袖上擦了几下，就从干净的萝卜尖啃起来。然后再擦掉带泥巴的部分，继续啃下去。故乡有句俗语"烂泥萝卜揩一段吃一段"说的就是这寻常一幕。我们那的话其实挺有趣的，表面上说起来轻快，实则大多数是骂人。比如"叫花子不留隔夜食"，你说当年那些诚实的乞丐哪有多余的食物剩到第二天吃啊，但这句话真正所指的是那种吃光用光、没有积蓄意识的人。再猜猜关于萝卜的这句大致有数了，说的也是些眼光短浅、混日子的懒人。话是说给人听的，只是那些动物或植物悄然成了喻体。

小时候胡萝卜吃得少。长大了却听到了胡萝卜素的概念，从水灵灵的果实到干巴巴的含片，营养又变成了一种学问。在这个充满"学问"的年代，我这年龄尚能理解，却把父母辈吹得晕头转向。他们始终弄不明白，在他们不爱吃的披萨或牛排边，有几片胡萝卜翘着嘴巴是那么高贵。而我又莫名地想起了以前的几句诗："我，一个不太纯洁的穷人／没有和那些鸟一样／遵守曾经的约定／在大地短暂的一生里／我用一粒土的身体去喂养／胡萝卜那橙黄的挺拔的忧伤。"

再说白萝卜吧。带点缨子的，宛然一个剪了童花头的老太太，比如我那梳洗清爽、衣衫整洁的外婆。我家附近的菜市有个卖萝卜的年轻人，老见他一边卖萝卜，一边啃萝卜。萝卜是白萝卜，汁水满满的，啃得我都馋了，我也想啃啃那白萝卜是不是年少时的味道。可惜的是，我连"啃"这个充满活力的动词也疏远了，牙齿不好，苹果、甘蔗都只能切片慢慢嚼了。

还有红萝卜。常州有一种腌菜，用的就是红萝卜。"常州有一怪，萝卜干做下酒菜"，这说法其实有点问题的，萝卜干做下酒菜

萝卜

有何奇怪？北方人就根大葱也能下酒。常州人这么一说，老感觉萝卜仅常州独有。读了汪曾祺写的《萝卜》，见他把天南地北的萝卜吃了个遍，才知道萝卜是个大家族。至于这萝卜干，每遇到人家问起你们常州有什么特产，我有点不好意思，有梳篦和萝卜干。一木本一草本，常州太素了。但萝卜有了肉味，我也不喜欢了。我喜欢将红萝卜切丝，凉拌，加点香菜，一番"绿肥红瘦"看了就美。

《诗经》有《国风·邶风·谷风》篇，觉着是我读过的诗史上最早最好的弃妇诗。"采葑采菲，无以下体"句中一般说来葑指蔓菁、菲指萝卜。若没有考据的话，一个"菲"字我是一点也看不到萝卜的影子。她说，好比采蔓菁和萝卜，不要因其根茎味苦，连它的叶子也不要。这个牙齿洁白的女子真是有点气得咬牙切齿了，她难过地悲叹，谁说苦荬菜味苦，比起我命来它甜得像荠菜。我觉得《诗经》的烟火味很是真切，每一种菜也是"烹"得很到位。"我有旨蓄，亦以御冬。宴尔新昏，以我御穷"，这个勤俭持家的女人最后说，我还一心为家腌了好咸菜，为的是好好度过冬天，安乐的是你们的新婚，用我的积蓄挡贫穷。我想吧，这个女人腌咸菜大概用的也是萝卜，以前的女人都会腌好吃的萝卜干。想想也难受，腌的好萝卜干却被丈夫和另一个女人端起热气腾腾的粥吃了。这男人真不好。

一个青年加上一匹马，马眼里残阳如血，他们走在返乡的小路，映满了黄昏时分妈妈盼归的张望，这是《战马》美妙的结尾画面。令我好奇的是，英格兰那个叫德文郡的地方，为何种植农作物对萝卜那么偏爱，出现了许多萝卜：艾伯特的父亲和地主斗气竞价，几乎倾家荡产用三十九尼买回那匹叫乔伊的小马时，艾伯特的妈妈正拔出一把胡萝卜；一场暴雨过后，白萝卜全部被从泥土里掀翻了出来，原本收获的季节因为萝卜歉收，改变了乔伊的命运；艾伯特的父亲为了保住农场，把乔伊卖给了英国军队的一个上尉，艾伯特收到了已经阵亡的那个上尉的来信时正在萝卜地干活；为了寻找乔伊，艾伯特去了前线，幸运的是，能和乔伊一起平安归来，最后的画面依然是妈妈从萝卜地里起身。

在人与人、人与马、马与马的故事里，所有看过影片的人中兴许只有我在注意那些和萝卜相关的细节。再之前，丹尼尔·笛福也在《鲁滨逊漂流记》借那个流落荒岛之人的口说："……我有一包钱币，金的也有，银的也有，大约值三十六金镑。可是，这些倒霉的无用的东西，至今还放在那里，对我一点用处没有；我常想，我情愿用一大把金钱去换……价值六便士的英国莱菔和红萝卜的种子……"他为什么不用金钱去换土豆呢？看来，在时间的秩序里，萝卜家族关照过无数不同肤色、不同种族的人。

想到一个有点好玩的事，《尔雅》称萝卜为"芦萉"，随着方言的变迁，两千年后慢慢变成了萝卜。所以说，晋人郭璞纠正《尔雅》"葵，芦菔。菔，宜为葡"有一定的道理，他的注也很形象，"紫花，大根，俗呼雹葵"。芦菔，芦菔，莱菔……萝卜，一连串名字读下来，像是一位爷爷的方言被小孙子清脆的普通话打断了，我也突然感觉一下子老了。

茄　子

　　《群芳谱》里有两道与茄子有关的怪菜："蝙蝠茄"和"鹌鹑茄"，原以为用了蝙蝠和鹌鹑做菜料。鹌鹑我倒是还能接受，那蝙蝠则想想难以入口。其实完全与蝙蝠、鹌鹑没有什么关系，至于为什么有这样的叫法，我也说不上来，可能是做好了样子像蝙蝠或鹌鹑。贾思勰的《齐民要术》也提到一种做茄子的方法，那个字连《现代汉语词典》都找不出来了，"缶"字下面四个点，应该就是"煮"的意思，那么我就用"煮"先替代下："煮茄子法：用子未成者（子成则不好也），以竹刀、骨刀四破之（用铁则渝黑），汤渫去腥气，细切葱白熬油令香（苏弥好），香酱清擘葱白与茄子俱下，煮令熟，下椒姜末。"在这古老的烹调茄子的方法上，可见北魏之时人们处理茄子使用的工具就已很讲究。

　　写着写着，我就想起茄子的花来。

　　看花，越来越喜欢细小的了。最好是，花瓣落了，还能长出点果儿。茄花的紫裙褪却，那小茄子就特可爱，有点弯曲，蜷缩，像婴儿的睡姿。慢慢地，就有了少年的俊俏。真的，生命就是这么好看，总有满满的喜悦。

但，我看见过一只茄子，像遇到了一个孤儿。为此我写过一首诗《请相信我的悲伤》纪念过这个事："我不是矫情地说出我的悲伤／一个茄子躺在路边／看着车流不息，楚楚可怜／它想起疼爱它的农民／／那是乡下，韭菜垄边／茄子欢快地挂在它母亲的腰上／我热爱米饭／热爱米饭的情人／那些素食般的日子／／我为那个茄子莫名地悲伤／红绿灯交叉着心跳／我也曾冲动出一个弯腰的动作／最后还是跨了过去。"这个事件的发生地点在南京大学的北京西路门口，时间是二〇〇四年的四月。这么多年过去了，那只体态饱满、泛有健康色泽的茄子，我依然没能忘掉。我忘不了那只长了眼睛的茄子。

乡村有借蔬菜的情感。邻里之间，今儿你借两条丝瓜，明儿他借三只茄子，都是很平常的事。说借，其实是客气话，谁还真要你还啊，感情就是这样借来借去慢慢绑在了一起。

有个朋友的食谱上，说的是比肉还好吃的五十道素菜，前六道的主料都是茄子：蒜蓉蒸茄子、素烧茄子、土豆烧茄子、剁椒茄子、毛豆烧茄子、茄子炒豇豆。其中最后一道，是我最熟悉的了。这种搭配，可能是奶奶从她奶奶那学来的，很古老很古老的搭配智慧了。两个蔬菜炒好了是一道好药，炒坏了虽谈不上是毒药，却对

茄子

身体不大好。韭菜炒鸡蛋就是古老的，如果往豆腐汤放几棵青菜，也很古老，要是放把菠菜，那得破坏体内的钙质了。

所以，做菜你要听奶奶的话，听妈妈的话。

儿时所见的茄子，不外乎紫茄和青茄两种。后来，什么长茄，白茄，圆茄都来了。但看起来怪怪的，我还是只买最初认识的那两种。有首元曲，写的是一个说谎的人："东村里鸡生凤，南庄上马变牛。六月里裹皮裘。瓦垄上宜栽树，阳沟里好驾舟。瓮来的大肉馒头，俺家的茄子大如斗。"其他不说，茄子还真大如斗了，看起来就是那么怪怪的。

茄子可炒，可蒸，可煮，也可凉拌。近几年吃一种烤茄子，放了蒜茸、粉丝，味道极佳。只是很多年没吃到茄丝饼了，奶奶也不怎么做得动饭了，我也没向妈妈提起，很多好吃的点心已失踪于厨房。我试着做过两三种，味道终不是从前，舌头舔几下，也回味得不怎么真切。

红楼梦没有读完，我爱读些相关书籍里有趣的东西。比如那道著名的茄鲞。刘姥姥怀疑口中之物是否茄子，凤姐告诉了她烹制手艺：茄子去皮，净肉切成碎丁，先鸡油炸，再用鸡脯子肉合香菌、新笋、蘑菇、五香腐干、各色干果子，都切成丁子，拿鸡汤煨干，将香油一收，外加糟油一拌，盛在瓷罐子里封严，要吃时拿出来，用炒的鸡爪儿一拌就是。说得刘姥姥摇头吐舌。大户人家吃个菜都挺能捣腾。曹雪芹的烹饪手艺也很高明，但还是假刘姥姥之口讥讽了王府侯门的饮食游戏："别哄我了，茄子跑出这个味来了！我们也不用种粮食，只种茄子了。"我妈妈做不了那茄子，会把妈妈累坏的，她知道自己种不了这种茄子得把时间花在种粮食上。当然，真做了，我都不知道吃的究竟是不是茄子了。

还是《随园食单》做茄子的两法看起来靠谱些：吴小谷广文家，将整茄子削皮，滚水泡去苦汁，猪油炙之。炙时须待泡水干后，用甜酱水干煨，甚佳。卢八太爷家，切茄作小块，不去皮，入油灼微黄，加秋油炮炒，亦佳。是二法者，俱学之而未尽其妙，惟蒸烂划开，用麻油、米醋拌，则夏间亦颇可食。或煨干作脯，置盘中。"吴小谷广文家"常被袁子才提及，看来袁子才是其家中常客，只是不知他是何来历，一道《熏煨肉》"先用秋油、酒将肉煨好，带汁上木屑，略熏之，不可太久，使干湿参半，香嫩异常"，又叹"吴小谷广文家，制之精极"，可见此人不是大厨也定是个吃货。

说茄子也叫落苏，是江浙一带的俗称，吴语方言词。我从没听说过。

茄子切段，剖面会发黑，因其化学反应。今人也不可能再捧本贾思勰的《齐民要术》，费时"以竹刀、骨刀四破之"。茄子切段，半副紫玉象棋，一将两士两相，两车两马两炮，五个小卒。一壶酒，十六筷，夹进胃里守半壁江山。茄子是好东西。

茨　菰

汪曾祺回忆的那碗咸菜茨菰汤，读起来年代的清苦味十足，若把那两片茨菰撇掉，对我而言倒也是美味。我的饮食观，简单清爽即好。再说，咸菜和茨菰放一起，本来就有点不搭。要说相配的话，还是他师母张兆和炒的一盘茨菰肉片，因为搭了，沈从文先生一筷子下去，两片茨菰入嘴，才会说："这个好！格比土豆高。"

那是什么年头啊，肉的"格"本身就比咸菜高，要是来碗咸菜土豆汤比较一下，茨菰的格也高不到哪去了。那时候的猪比现在生活得快乐，伙食里也没有加"瘦肉精"，该长膘的地方就长膘。茨菰外相胖嘟嘟的，性格极瘦，要脂膏厚重的东西来"喂"。所以搭得好，格就出来了。何况，如果我也有个才貌如张兆和的师母，眼前是她炒的一道茨菰肉片，不吃，也觉得格很高。

有年去溱湖湿地，只是一个从小生活在水乡的人长大了去另一个离我不远的水乡看看，没什么新鲜的事。水，差不多还是那个样子，

茨菰

如果没有那组使用化学手段测试的数据，你不会有所紧张的。水，总是送你松软的感觉。湿地里有许多无公害绿色蔬菜的实验田，割成茨菰的那一小块地，插了块木质标牌，除非我这种一眼就能看出茨菰容貌的，那木牌还是有点作用，像一个人的简历。你哪个村的它哪个科属的，你有什么小名它有什么别名。木牌上刻了首诗：茨菰叶烂别西湾，莲子花开犹未还。妾梦不离江水上，人传郎在凤凰山。

这诗我很陌生，用于此也不知有何特别的用意。署名却是张潮《江南行》。张潮怕是我喜欢的少数人物之一，一本《幽梦影》翻了很多年很多遍了，越读越有味，越读也越落寞，同一个姓氏，完全不同的两个皇朝的世界。这首写茨菰的《江南行》一点读不出张潮的味道，忧伤多了，还有扑鼻的女人的气味。不管怎么说，我还是想不通木牌上选这首诗的用意。换作我，再没有比当年杨士奇那一幅湖面上更纯美的"画"了：岸蓼疏红水荇青，茨菰花白小如萍。双鬟短袖惭人见，背立船头自采菱。哎，层层叠叠的美，让我觉得引一下都会惬意又羞愧。有这么一首，茨菰都不想再有人来用书写的方式打扰它宁静的生活了。

不过，张潮的《江南行》还是让我耿耿于怀，江南走一走就这点收获？江南走一走就有这么多的哀愁？莫非是另一个张潮？遂翻《全唐诗》，果然。这个张潮住我老家不远的丹阳，甚至名字都不能确定了，有时候也叫张朝，就像水乡如今连水也丢了。

我特别喜欢苏童的一个短篇，读了不下十遍："姑妈走到厨房边，正要去抓米给鸡吃，看见天井里坐着一个穿桃红色衬衣的陌生姑娘，正在用瓷片刮茨菰……"那个刮茨菰的姑娘就是农村换婚悲剧中服农药自杀的彩袖：一个喜欢听公鸡打鸣胜过被宰杀吃掉的善良姑娘。苏童笔下的茨菰仿佛刚出生的男娃娃，他写他姐姐看见巩爱华的奶奶也在厨房里刮茨菰并一眼认出那是来自顾庄的茨菰："胖胖的，圆圆的，尾巴是粉红色的。"

这样一个故事，用了《茨菰》作题目，有点耐人寻味。说不出为什么，我生命中也有类似彩袖这样的人物，忘记后就再没有想起来，于是又特别喜欢小说结尾中淡淡的忧伤味，甚至有了爱如己出的感觉："于是我也想起了彩袖，不知为什么，想起彩袖我就想起了茨菰，小时候我不爱吃茨菰，但茨菰烧肉我爱吃，现在人到中年，我不吃茨菰，茨菰烧肉也不吃了。"

我还未到中年，看到茨菰已有不知如何言说之味，内心虽还有徐渭"燕尾茨菰箭，柳叶梨花枪"的侠客之情，眼前却老闪现出一张压在玻璃台下的褪色的照片，或者黄昏里一支两节电池装的手电筒的微弱光束。可这些，与写茨菰又有什么关系呢？

幼儿园的老师倒是布置了一个很好的功课，让我教孩子去认识"秋天的农作物"。买回的毛豆子炒菜了，山芋煮粥了，荸荠当水果吃了……唯有一把茨菰，没有切片烧咸菜汤，也没有烧肉，我只是静静地看看它们，多安静的孩子：胖胖的，圆圆的，尾巴是粉红色的。

荸　荠

　　两百多年前，乡党赵瓯北写过一首诗，诗题老长老长，像记叙文般把地点、人物、事情都交代了：《晓东小岩香远邀我神仙馆午饭至则坐客已满再往半山玉流诸馆亦然作诗志感》。除了香远，可从他另一首诗题《昨岁除夕香远内弟得一子》里得知其身份，是他老婆的弟弟，其他两位无从知晓。至于神仙、半山、流玉诸馆，在我生活的城市已了无踪迹了。赵瓯北在吃喝风盛行的城里找不到座位，就感慨"君不见，古来饥荒载篇牍，水撷凫茨野采薇"，凫茨就是荸荠以前的名字。

　　荸荠的外衣叫什么颜色呢？我家的门，别人说是荸荠色的。那我家的门究竟叫什么颜色？别人说，就是枣红色。那枣的外衣又叫什么颜色呢？不会说荸荠色吧——"荸荠藏在烂泥里。赤了脚，在凉浸浸滑溜溜的泥里踩着——哎，一个硬疙瘩！伸手下去，一个红紫红紫的荸荠。"是的，我家的门就是红紫红紫的颜色。

春天的时候，我去西塘。那条临水的老街，有许多人家在卖荸荠。那些人家的门也长着荸荠一样的颜色。我纳闷的是，因为我在教孩子认识秋天的农作物时，已经罗列过了荸荠，春天哪来如此多硕大的荸荠呢？我是不是也生活在雷蒙德·卡佛所说"作家要有面对一些简单事情，比如落日或一只旧鞋，而惊讶得张口结舌的资质"的状态中了呢？

在《救荒本草》中，水八仙中除莼菜已不"在野"，其余"七仙"基本布局：茨菰和茭白在草部，荸荠和芡实、菱角、莲藕在果部。荸荠和茭白、菱角、莲藕既可作为水果，又可算作蔬菜。我尤其喜欢这类具有双重身份的植物，且更愿意把它们当作水果看待。我翻梭罗的《野果》时，就找到了茭白，再翻，没有找到荸荠。这让我很得意，他大概没有吃过。我就想象，在中国南方的水乡，和梭罗兄弟一起啃荸荠的情景，他一个劲地说好吃，我大方地说，好吃就多吃点。

我和那些伙伴们，吃过很多野果，既不是买来的，也不是种的，到了时节，许多熟悉的植物身影告诉我们时候到了。比如秋天，从沼泽池塘的淤泥里摸来摸去，摸出一把"硬疙瘩"，在河水里洗净，露出了紫亮的扁圆形果实面目，那就是我们的荸荠。城里的孩子伸过皱巴巴的纸币换回的，就是我们自己能掏出的"黑金"——童年的时候，什么金啊银的，还能比甜甜的果实珍贵？

荸荠

对于吃，很小的时候我们就从长辈们那里继承了一种常识。可以说是有一种耳濡目染的主动性，也可以说是一种循循善诱的被动性，吃就是因为本能诞生的一种天赋。在乡村长大的孩子，小小的记忆里就装满了半部百科，比城里的孩子多了些"粗糙"，这种"粗糙"在吃的上面也显得勇敢，也就多了内容。

吃荸荠是讲技巧的活。那时候不用刀削的，门牙像刨刀，啃干净一面皮啃另一面，再以松鼠吃果仁的节奏啃尽剩下的边皮。我不太爱吃炒荸荠，原因前面说了，炒熟已变成了蔬菜。这个点，我好像与周作人的态度差不多，用荸荠做菜做点心，凡是煮过了的，大抵都没有什么好吃。不过，我觉得可以尝试尝试了，至少我要改变对它的认识，在一个朋友给孩子的早餐食单上，居然三次有它的名字：面包、木耳炒鸡蛋、赤豆粥、煮马蹄，猪肉白菜粉条包、玉米小米粥、胡萝卜西芹炒马蹄、白煮蛋，窝窝头、青豆玉米炒马蹄、银耳炖雪梨、白煮蛋。营养搭配中，它出现的频率仅次于鸡蛋和米粥了。果真如此的话，我得为孩子考虑了。当然，马蹄就是荸荠，由形状而得名。

见写荸荠的人，少不了引用汪曾祺《受戒》里采荸荠的小英子和归有光《寒花葬志》里煮荸荠的婢女寒花，我倒是想起了庞余亮兄《沙沟古镇的秘密生活》里的荸荠夹子："荸荠是刚刚从湖里采上来如柿子大小的荸荠，夹起来，在油中过了一遍，那甜，那脆，

那香……”这是什么样的吃法啊？柿子大小的个头？我已经出发在
去往兴化沙沟古镇的路上。

菱

　　菱角有脐眼，水为其母。写《江南词典》的邹汉明兄，久居水乡浙江嘉兴，有得天独厚的南湖为底气，"菱"当仁不让占其一席。我感兴趣的是南湖水的可爱，居然产一种没有角的"元宝菱"，想必圆头圆脑的，甚是讨人喜欢。在我家乡，菱可能是被水宠坏了，学了点螃蟹的傲气，它还说"鸡头吾弟藕吾兄"，兄弟仨就老大看起来温和些，略显水的柔情。

　　家乡没有大面积的湖，村东村西倒也布满大大小小的池塘。房客之一的菱，纤细茎蔓长约数尺，伸入水底泥中，叶柄中部膨大成气囊，使叶片能浮于水面，浮叶聚于短茎上相互镶嵌成盘状，俗称菱盘，沉于水中的叶狭长为线状。菱盘绿叶子，茎为紫红色，开白色或黄色小花，一到夏日，密匝匝地覆盖在水面。午后钓鱼，分明看见鱼嘴在菱叶间拱呀拱地一张一合，提着根鱼竿却无从下手，好不容易找到一个间隙让鱼饵慢慢沉下去，浮子拖动时一甩就钩在菱

菱

藤上，若甩时用力大些会钩到头顶的柳枝上，很是讨厌。

待到秋日，就不再讨厌菱盘了。夏末秋初开的花向下弯曲，没入水中，会长成果实。拎起菱盘翻看，挂满了青色、红色或紫色的菱角，水灵灵的，剥开一枚，牙齿轻轻一咬，清香甘甜的汁水便在唇齿间流转。"菱池如镜净无波，白点花稀青角多"，白乐天写《采菱歌》时，大概看见的仅为青菱一种。

家乡的菱，有红菱和青菱两种。红菱果皮水红色，肩角细长平伸，腰角中长略向下斜伸；青菱果皮绿白色，肩部高隆，肩角粗大平伸，腰角略向下弯。这两种菱嫩时用大拇指指甲往腰角一掐，菱壳很容易就剥开了，白嫩圆润的菱肉霎时露出了水之灵气的真面目，瞧上一眼就怪馋人的；随着处暑、秋分等节气的推移，剥菱壳就费劲了，掰掉尖尖的菱角，用牙齿咬开，菱肉也不再那么脆甜、汁多；再老的时候，只能摘下来煮熟吃，大人还能用牙齿和手剥食其肉，小孩就得借助刀之类的工具，把它一劈两半才能吃到肉，有时还被坚硬的角刺划破嘴唇，上学路上抓一把放裤兜，边走边被它扎得痒痒的。

家乡的池塘一般都有村里人承包养鱼，种植菱更像副业的副业。也有些沟、塘没人愿意承包，除了用来取水为临近的庄稼地浇灌外，基本无人问津，村里人一般喊这样的池塘为野沟。这样的池塘也有菱盘，数量不多，结的菱角也为青色但个头小，不知道什么品种，我们喊它野菱。嫩时也不如红菱青菱口感好，倒是老了煮熟后，吃起来比红菱青菱香，只是四角的尖刺更难对付了。没人摘的菱角熟透后沉于水底，我们这些爱蓬浴的小孩老是在踩河蚌时被它扎破脚。我翻了些资料，想找找野菱的名字。唐代笔记小说《酉阳杂俎》载"芰，今人但言菱芰，诸解草木书亦不分别，惟王安贫《武陵记》言：四角三角曰芰，两角曰菱。今苏州折腰菱多两角"，看来唐人已不怎么分别菱和芰了。苏州的王稼句先生在《姑苏食话》中说，民间对菱还是有一些特别的称呼，凡角为两而小者，称为沙角菱；角圆者称为圆角菱，也称和尚菱；四角而野生者，称为刺菱。依我看，书中所说的分别是苏州的腰菱、南湖的元宝菱，至于刺菱则更像我眼中的野菱。"两角而弯者为菱，四角而芒者为芰。吾地小青菱，被水而生，味甘美，熟之可代飧饭。其花鲜白幽香，与藏蓼同时，正所谓芰也"，明人李日华在《紫桃轩杂缀》记吴江的小青菱时用"四角而芒者为芰"颇为形象，那么野菱的学名大概为芰，我们不妨喊其俗名小青菱，"野菱"这名字喊起来有点无出处的味道。

可以肯定，菱与长江下游太湖地区有着深厚的历史渊源。明人江盈科在《缘箩山人集》讲了个故事，说北方人生来不认识菱角。有个北方人到南方来当官，为了让他尝尝南方的特产，南方人在酒席上准备了菱角，那人连角壳一起放进嘴里。有人就告诉他吃菱角必须去掉壳。那人为掩饰丑态说他不是不知道，连壳一起吃，是要用来清热解毒。有人又问他北方也有这种东西吗？他回答说前山后山什么地方都有。菱角生长于水中却说是在土里生长，看来北方还真没有这种水生植物。我说这故事倒没有笑话这北方人捉襟见肘的窘样，想想带刺的菱角连壳放嘴里嚼，这人也挺不容易的。那些招呼客人的人真不懂待客之道，为何不把菱肉、莲藕、鸡头米炒在一起，一盘"荷塘小炒"可品三味，吃起来也不费事。

又想起儿时对菱角的期盼，小花刚开，就要把够得着的菱盘时不时地拎起来看看，过几天再看看，直到小菱角结出来，就迫不及待地开始摘了。待到菱角成熟，催命鬼似的啊，大人们劳作回来只能扛起洗澡用的长圆形木盆，以手代桨。他们身体向水中倾斜，盆也倾斜，看起来要倾翻的样子，双手却可边娴熟地上下翻动菱蔓采摘着一只只菱角边拉动菱蔓缓缓而行，夕阳下水波荡漾，小孩子的口水咽了又咽。

莲

莲与佳人有关。《西洲曲》一连用了六个"莲"字：采莲南塘秋，莲花过人头。低头弄莲子，莲子清如水。置莲怀袖中，莲心彻底红。心事铺了开来。

有资料如是说：荷，又名莲。又有资料这么说：莲，又名荷。这解释把我弄得一愣一愣的。在我眼里，荷花与莲花，必是两种不同植物的花卉。荷花红白相间，花瓣边对称的圆弧，略显丰腴，符合唐时美人的审美标准，且胭脂气浓，宛然一精于梳妆的贵妇，适合远眺；莲花淡黄，花瓣边较直，挺俏秀气，有大户人家礼教下闭于闺房的羞涩却也落落大方，细细打量似乎更值得周敦颐喜其性情写下爱莲之说，要不他为何不取名《爱荷说》？

"接天莲叶无穷碧，映日荷花别样红"，杨万里六月游西湖时，放眼百亩荷花盛开的别样风情不禁来了兴致。现今西湖最佳赏荷景点有断桥、平湖秋月、湛碧楼、曲院风荷等处，也不知杨万里是站哪一处了。红花还须绿叶扶持，好像莲与荷虽属一家，但叶称莲叶花称荷花又有了分家的感觉。这植物的名字倒也挺有趣的，我琢磨着这文章究竟该以"莲"还是以"荷"为题？

记得去年比现在还晚些的光景，我游古镇南浔著名的小莲庄时，一是兴叹刘镛这家伙果然有钱也有品位，偌大的庄园，布置精致，心思缜密，不乏巧夺天工的细节；二是外园十亩荷池的架势，即可羡煞同样倾心闲情雅趣的李渔，一生酷爱荷花，却得不到半亩方塘来侍养它，"仅凿斗大一池，植数茎以塞责"；三是荷花池亭台楼榭，步移景异，荷花已过繁盛之时，数朵红云浮于碧绿之间，星星点点反而相映成趣。可说是"小莲庄"，为何却是荷花池？

既然以《莲》为题，我有点赌气要探个究竟。手头有一九七九年十二月修订第一版、叶圣陶题签的四卷本《辞源》：荷，荷花。一名夫渠。生浅水中，夏月开花，有红白等色。实为莲，地下茎曰藕，皆为食品。这说法在王祯的《农书》也能找到"莲，荷实也；藕，荷根也"。荷花的果实有头有尾，偏偏取名莲蓬和莲藕，"荷"与"莲"似乎总是纠缠不清。莲蓬、莲藕可能因为长久以来叫惯了，若叫荷蓬、荷藕就显得拗口了。这么看来，荷花是主体，"莲"只是为其部分命名而存在的。既然如此，我这《莲》应该写的是荷花了，但我还是觉得莲花与莲蓬、莲藕亲近些，"荷花"应该去为同科属的另一种植物的花卉命名。

莲

那么，我一直以来认为的荷花只是荷花的一种，属于观赏的花莲；而我认为的莲花应该仅指睡莲。睡莲是代表不了莲花的，其道理就像农民代表不了人民一样。可有一点，我接受周敦颐对荷花的溢美之词，只是想问一句，这睡莲就没有"出淤泥而不染，濯清涟而不妖"的品性？

还是说说果实吧，我羞愧于对花的过于关注，却忘了蓬莲和藕莲。莲蓬有莲子，我们那称莲心。儿时喝喜酒，小孩子总是吃一半就下桌玩耍了，等到大人喊一声"甜饭来了"又一哄而上爬满桌子，几个人把一碗甜饭分个精光。甜饭主料糯米，豆沙，莲心，红丝绿丝（一些主料不知为何物的蜜饯染上红绿两种颜色切成的丝，也常用于月饼的馅），猪板油，量较大的红糖和冰糖，经过蒸熬，甜得发鲜。那莲心并不多好吃，不酥不沙，有硬块。倒是现在喝喜酒，有些人家会用一道"清蒸莲心"，不用任何辅料，清而素的甜，更不会腻，有《随园食单》里做法的效果：在莲心稍熟时抽取莲心（莲心里的绿色胚）去掉莲皮，然后放汤中用文火煨。盖好锅盖焖，不要打开锅看，也不可随意熄火。这样约过一个半小时的工夫，莲心就酥了，也不会生出难咬的硬块。

至于藕，我很少吃。普遍的餐馆有道菜点的人特多，做法也应该是袁枚在他的食单里所说的那样，藕孔里灌满糯米加糖煮，切成片。只是，他认为老藕一煮成了烂泥，没什么味了，他喜欢嫩藕，有"咬劲"，味道全吃得出来。周作人的口味却恰恰与袁枚相反，种种吃法中还是觉得藕粥、蒸藕、藕脯等熟吃比当水果吃好。江南水八仙是茭白、莲藕、水芹、芡实、茨菰、荸荠、莼菜和菱的合称，可当水果吃的有荸荠、菱、茭白和莲藕，我的口感是荸荠第一，菱角第二，即便是茭白，嫩的也比藕来得爽口。

一轴江南册页，与水的亲近，莲花成了水乡的重要符号。"江南可采莲，莲叶何田田。鱼戏莲叶间，鱼戏莲叶东，鱼戏莲叶西，鱼戏莲叶南，鱼戏莲叶北"，六朝民歌《江南》仅取莲和鱼两个意象，以简朴的歌唱唤起了太多人对江南的无限向往。若在旧时，我大概是那个身背鱼篓，撒网捕鱼的汉子。我的妻子坐一椭圆形木盆，她如藕般白的双臂拨开柔软的水穿梭于田田莲叶之间，纤纤素手灵巧地翻弄着饱满莲蓬，采摘下一个个水乡农事里的不倦诗意。

野鸡头

　　捕鱼、捉蟹、钓虾、摸蚌，华夏大地星罗棋布的大小湖泊对水滨泽畔的儿孙有着养育之恩，哪怕一方小小的池塘，我对它们为我儿时永不满足的馋欲提供给养表示深深的感怀之情。今年秋意渐浓稻穗饱满时我突然想起家乡稻田旁池塘里的一种植物"野鸡头"，和周围的人提起竟无人晓得。然而我深信这名字绝不会记错，问及奶奶也得到了确证，只是另一个事实也已既定：野鸡头已经找不见了。

　　野鸡头这个名字怎么看都属不雅之类，初看且与某种女性的特殊职业身份有些关联。查资料它有个学名叫芡实，这名字与俗称根本扯不到一块。但也不奇怪，很多植物的学名一本土化都如憨厚农民的写照。大多数地方都把芡实唤作"鸡头"，可为什么我们那儿叫"野鸡头"？我心里挺不是滋味的，一个"野"字多少会让身份暧昧些，在家乡人们总在背后把人家领养回来的孩子叫作"野鸡头"。明《吴邑志》"芡出黄山南荡"、宋虞俦《和万元亨舍人送芡实》"郡候有佳惠，芡实粲光润。东山愿不违，南荡居其近"（我国东部太湖一带称湖泊为荡，南荡为水乡苏州的一个小镇）以及沈朝初《忆江南》词"苏州好，菂水种鸡头，莹润每疑珠十斛，柔香偏爱乳盈瓯，细剥小庭幽"等说出了野鸡头的主要分布位置，野鸡头是多年生的睡莲科水生植物，多生于池塘或湖泊沿岸的浅水之中，是传统栽培的水生蔬菜品种。苏州人把人工培植的称作家鸡头，自然生长的称作野鸡头。我的家乡没有人工栽培芡实的历史，那么大概是某颗芡实种子遗漏在这里发芽、生根、繁殖的结果吧。

　　或许正因为一个"野"字让"鸡头"在家乡更显得弥足珍贵。如果也像稻子和麦子一样可以大面积种植，它充其量算作一种口味不同的粮食，那样我就无法想象儿时对于它果实成熟后的迫切：催促大人暂停割稻的镰刀，捞断池塘里十数个紫褐色的"刺球"。由于"刺猬"难以对付，只能缠着奶奶回家剖开它们，捣出圆粒。起灶、烧开水，倒野鸡头下锅，看它们在锅中滚跳，闻一股股升腾的独特香味，垂涎欲滴。放入嘴里有点涩，鸡头壳坚硬，里面的肉却很嫩，牙齿咬破再剥开来，野鸡头肉色泽鲜艳，白里泛红，甘旨柔滑，清香馥郁，只可惜仅这点量。

　　令我好生奇怪的是，远一点的微山湖可"左撷绿菱，右撷红芡"，近一点的洪泽湖有"鸡头、菱角半年粮"的说法，再近一点

《红楼梦》翻开便是"先揭开一个，里面装的是红菱、鸡头两样鲜果"，更近一点王世贞"吴中女儿娇可爱，采得鸡珠和菱卖"（以地理位置南移），菱角和鸡头多似孪生兄弟，我的家乡几乎每个池塘都有密密麻麻的菱角，而长有野鸡头的却只有稻田旁的那个池塘，号称"水八仙"的芡实、茭白、莲藕、水芹、茨菰、荸荠、莼菜、菱，这方池塘里集聚了四五种。杨万里《咏菱》诗有"鸡头吾弟藕吾兄"一句，大体上说出了池塘里水生植物的布局，也从形态上比较了藕、菱、芡大小。睡莲妩媚，荷花娇艳，野鸡头说不上是什么感觉。它的叶子圆形或稍带心形，一张张漂浮在水面上，叶面由于生长过程从箭形到盾形再到圆形，绿色，透着光亮，背面紫红色，叶脉隆起，形似蜂巢。野鸡头的花呈蓝紫色，茎上还长着许许多多小刺。立秋后，进入开花结实期。果实与莲蓬不同，莲蓬好像有横切面，与根茎连在一起犹如高脚酒杯。野鸡头的花托状如鸡头，果实也密聚着刺，剥开是浆果球形圆整肉粒，表面有棕红色内种皮，一端黄白色。

野鸡头还有个艳名"贵妃乳"，此名缘起李隆基和杨玉环在华清池洗澡的情景。杨贵妃出浴时肌肤更显得柔滑、妩媚，"锦袖初起，蜻蜓微露"，李隆基按捺不住扪弄其乳说："软温，好似新剥鸡头肉。"此俗艳之言后经说书艺人大胆加工，就将野鸡头称为"贵妃乳"，说的是出浴后杨贵妃的乳头犹如刚去壳的野鸡头果肉。苏州的南芡圆整粒大，质地粘糯，香气浓郁，美味可口，是名贵食品之一。李隆基看来是不会放过这一珍味的，从苏州弄点野鸡头尝一尝方能有把杨玉环的乳头比作新剥鸡头的通感，这个色味稍浓的比喻倒也颇精妙。其实李隆基做事挺让妃子感动的，"一骑红尘妃子笑，无人知是荔枝来"算是先例，这份浪漫倒使我对他们之间能产生轰轰烈烈的爱情少了丝怀疑。我总认为，爱情的存在与足够的物质条件成正比。

今夜写野鸡头，仿佛听见清人查慎行在我耳边一句"芡盘每忆家乡味，忽有珠玑入我喉"，不由暗自咂嘴，那味道竟一时无法真切忆及，忽觉得戏弄了读小文于此的朋友，羞愧不说，怕是只能用一个抽空了的"美"字搪塞一下了。

莼　菜

看到有人把太湖的春莼菜誉为"水中碧螺春"，觉得这个类比还算恰当。太湖莼菜和碧螺春一样，采摘工艺都是一芽一叶，颇费功夫。只是"碧螺春"我是着实爱喝，莼菜却不太爱吃。莼菜美名传诵了千年，我这一说有点不厚道，却也是真心话（就像莼菜的文章写完了，后来丢得无影无踪，本不想再写了，觉得再写也写不出第一遍的感觉，因心存牵挂重写一遍，写着写着却觉得比写第一遍更有意思，这也是真心话）。

《诗经》里第一个出场的动物是雎鸠（南方也叫水老鸦），第一个出场的植物是荇菜，我以为就是南方水乡的莼菜。但黄河沙洲边的荇菜是孤独的，另一种植物茆菜似乎更像莼菜。泮水，出曲阜西流入泗水，在那里可以"薄采其芹""薄采其藻""薄采其茆"，如此丰富的水生植物品种，似乎更符合莼菜的生长环境。李时珍在《本草纲目》里就为莼菜释名为茆，并把它的大致习性描述了一下，

"莼生南方湖泽中，惟吴越人善食之。叶如荇菜而差圆，形似马蹄"。荇菜和莼菜长得那么相像，我估计到现在也有很多人难以将它们识辨，不知道是不是同一植物因为南北气候、地理的差异，产生的两个异种，何况已有"南橘北枳"的先例。

　　莼羹鲈脍，一个并列式词组，两道佳肴，不管尝没尝过，多少也能引起你几分遐想，咽几下口水。然而，"莼羹鲈脍"是一个事件。《晋书·张翰传》载："翰因见秋风起，乃思吴中菰菜、莼羹、鲈鱼脍，曰：'人生贵得适志，何能羁宦数千里以要名爵乎！'遂命驾而归。"当年苏州人张翰在洛阳做官时，齐王司马冏执政，召授他为大司马东曹掾，张翰见王室争权，于是托言弃官还乡，不久，齐王冏败，张翰因此得免于难。以前读李白的《行路难》只觉得"且乐生前一杯酒，何须身后千载名"的豪迈之情，理解了"君不见吴中张翰称达生，秋风忽忆江东行"的所指，才懂得政治原本就是这么残酷，不免感慨万千，张翰还是有远见之明的。宋人王贽就在诗中写道："吴江秋水灌平湖，水阔烟深恨有余。因想季鹰当日事，归来未必为莼鲈。"

　　"陆之蕈，水之莼，皆清虚妙物也"，李笠翁拿陆地上的各种菇和水中的莼菜做羹，加上蟹黄和鱼肋，起名叫"四美羹"，据他所言是客人尝了以后都赞叹从今以后看到别的东西都不想动筷子了。其实我挺喜欢李笠翁的文字，不乏精到绝妙的观点，有时却也感到他的话有点过，且不说他的"四美羹"制作排场有点类似《红楼梦》里一道叫"茄鲞"的美食，那味道也有点喧宾夺主的味道。同为食客，我感觉袁枚的烹饪理论基础更好些，也适合当一位某某宴的评委，他对于美食的评价更为中肯也更为专业。

西湖莼菜汤，我没喝过，号称"江东第一美品"。西湖醋鱼我是吃过，很一般，有说是青鱼最佳，无青鱼鲤鱼也可代庖，我连草鱼、鳊鱼为料的也吃过，都难配得上"西湖第一珍馐"的称号。倒不是我受太湖的恩惠胜于西湖，就说太湖好，我只是对西湖不怎么信任，杭州城只是一只略大的盆景，西湖大概是盆景里的一点装饰，手工痕迹太重，不接天地之气。而太湖就如同一个庭院，内容毕竟比那只盆景要丰富得多。太湖的白鱼、银鱼随便捞一捞，蒸一蒸，撒把点盐花，都不知比西湖醋鱼要强上多少倍了。即便如此，太湖的莼菜也未见得有多好吃，喝到嘴了嚼也不是，抿也不是，干脆就咽了，柔滑倒是柔滑，却总也找不到所谓的"清远之意"，味道有点四不像。所以再看到类似明人袁宏道《湘湖记》里的记载"清液泠泠欲滴，其味香粹滑柔，略如鱼髓、蟹脂，而清轻远胜……其品可以宠莲嬖藕，无得当者，惟花中之兰，果中之杨梅，可以异类作配耳"，总觉得说得有点玄乎，也过了。大概是江南向来多出才子，他乡为官，每每思念故乡了，就想起水乡的风物和小时候妈妈做的菜，于是莼菜也和其他一些水乡特产一样，进入诗文，成了思乡的产物。

中国人向来喜欢"8"这个吉祥数字。红菱、茭白、莲藕、水芹、芡实、茨菰、荸荠，如果没有莼菜，就变成江南"水七仙"，那怎么能行？于是莼菜被邀请了进来。凭我口感，这八样水生植物中，我最喜红菱，其次荸荠，再次莲藕，这莼菜连茭白也无法相比。况且，莼菜与另七种的性格已有相离，北魏贾思勰《齐民要术》一书中就有了莼菜的形态特征和性状，及其栽培方法的记载。在明以后的救荒所需食物中已经找不到莼菜的影子了，大概也可以看得出它已颇显"富贵"之态。

说是这么说，没有吃过莼菜的也不妨尝尝，毕竟也是二十一世纪为数不多的生态水生蔬菜之一了。然后感受感受，它的味道与你所读诗句里的形象究竟有几分吻合。但莼羹还是无法与鲈脍相提并论的，至少我觉得。

茭　白

茭白是江南灵巧的纺锤。白嫩如初生婴儿的手臂，"菰首者菰蒋三年以上，心中生薹如藕，至秋如小儿臂"，这个比喻历逾千年，依然栩栩如生。

见写茭白者大多提及一个历史人物张翰，辞官返乡的托言是思念江南风物一荤两素：吴中的菰菜、莼羹、鲈鱼脍。我也说说这个南方人张翰，两素之一的菰究竟是饭还是菜呢？有时候，我这个人也过于较真，因为见那些文章把一个人的思念对象也搞错的话，心里有些不安，这也是事关苏州人张翰究竟有没有吃过茭白的大事。我想，张翰所思之菰更应该是饭，这样才有了一饭一菜一汤相对完整的结构，他的思念兴许更完美些。

《吴都赋》里有"原隰殊品，窊隆异等。象耕鸟耘，此之自与。稻秀菰穗，于是乎在。煮海为盐，采山铸钱。国税再熟之稻，乡贡八蚕之绵"的长江流域的风情版图，同时代人左思看到的也是

茭白

抽穗的麦和抽穗的菰，菰是有着谷物的血缘的。在唐代以前，茭白被当作粮食作物栽培，它的种子叫菰米或雕胡，是"六谷"（稌、黍、稷、粱、麦、菰）之一。即便到清，顾景星的《野菜赞》里还有用菰做饭的记载"吴越秋种者良，生水中。苗白，充蔬米可炊饭，是曰雕菰"。据说，菰米煮出的饭香滑，不粘不腻，我从来没有吃到过，我的感觉是应该没有江南的大米和东北的大米好吃。茭白本来就属稻亚科，与稻子类似于表亲。中国茭白之乡，宁绍平原南缘的河姆渡镇。这个南方的兄弟小镇，那些优秀的农民还留给了我们七千年前的秘密：人工栽稻。

我不懂植物学的专业术语，说是一种黑芬菌的寄生于一种叫菰的植物的茎部，水的母体继续养育这种"病变"，居然在南方水乡多诞生了一种独特的美味蔬菜。大自然对南方有点偏心。

当然，这种自然病变是人类的一种口福，我所担心的是那些转基因工程——有苹果和梨两种味道的叫苹果梨，有老虎和狮子两种样貌的叫狮虎兽，仿佛也看到人类的宿命：有一天，所有的妇女都不再饱受怀孕和分娩的痛苦，我们的子孙再也找不到身上的胎记，他们也会呆呆站在镜子面前问一个可笑的问题：我是谁？

仿佛扯远了，其实很近。我相信植物是有值得尊重的情感的，这情感朴素如眼前奶奶把茭白切细丝，炒以毛豆子，一盘清爽足以垂涎的"白玉翡翠"，我看见了那个把茭白当水果吃的孩子，那时他的爷爷还在世，正就着奶奶做了几十年的那道菜，一口口喝着江南的黄酒。

茭白还有茭瓜的叫法，我第一次听说，大概是北方喜欢这么叫，北方人叫山芋就叫地瓜。我时常去一家北方人开的大排档，适逢季节我总问老板娘有没有茭白？她也总笑着回答，有，知道你们南方人爱吃。又是南方！

我老思量着，像茭白这样的好东西，老外有没有口福？好像仅越南也把它当蔬菜栽培。读到一则日记："沼生菰，九月十五日。一八五九年九月十五日。这种野生稻谷的谷粒仍然还是青青的。一八六〇年九月十六日。有的还没成熟，有的已经黑了，大多已经倒伏了。一八五八年九月二十五日。还是绿的。一八五九年九月三十日。大多都倒下了，要不就被昆虫或些毛毛虫吃了。不过还是看到些叶子仍然青青而谷粒已黑黑的。"原来在梭罗那里也是谷物，看来他一生也没吃过茭白。

我反复描述的南方乡村，因为一个孩子从小的胃部记忆而虽死犹活：屋前的韭菜、莴苣、茄子、菜椒、青菜，屋后的药芹、针金、山芋、冬瓜，屋边搭起竹架，挂满扁豆、豇豆、黄瓜、丝瓜……走几步路的小池塘里，一簇簇的茭白沿塘边挺拔。让我感触到四季分明的不仅是气候冷暖，还有那些遵循劳作秩序的蔬菜们，它们让我有了期盼，以素食的形象构筑了我可口而甜蜜的童年。

想着这些就有点恍惚。我看见了一百五十年前雷特尔创作的木刻画《死神接近城区了》。池塘填了，因为土地不够用；连湖都要围出来，不是造田，是建筑居住的湖边小镇。原来这些都是我这几年诗歌里"寻找水源"的忧虑之源。这忧虑就是我的茭白啊，我的水乡……我又看见了那个背黄布书包的孩子，在秋天，对池塘的一角格外留意。当他露出惊喜之色，他娴熟地撕拉开长有芒刺的披针形叶子，握住里面夹裹的肥大茎秆，扭断拔出，那是一只水灵灵、白生生的椭圆形物体。他嚼了一口，甜津津的汁水溢满嘴巴。

水　芹

　　有个外地的大姐在我们这种菜。她的菜摊最小了，其因是菜的品类不多，我算得上是一个忠实的老主顾。她种的菜都符合时令，买菜的可能很多都不晓得了。大多数人喜欢去那些整齐、规则、美观的菜蔬瓜果摊，我的记忆经验提醒我，韭菜会长多长，菠菜能长多高，西红柿能长多大，这些常识了然于胸。譬如这次，我一眼认出了它就是我小时候见到的模样。那时候，我虽然见到它上餐桌就会避之，而今我爱上了它。它叫药芹，也叫旱芹或香芹。与我所写的水芹有所不同。

　　读到汪政先生的一篇散文《舌尖上的童年》，说女儿总结他吃菜的口味是三个字，药、苦、臭。药，指有中药味的，比如菊花脑、野芹菜、茼蒿；苦，比如苦瓜、枸杞头、萝卜缨；臭，比如臭豆腐、臭鸭蛋、臭虾酱。他说女儿很奇怪，同一屋檐下的人，口味的差别怎么就这么大呢？我比汪雨萌大概大十来岁，口味倒是和她差不多，她父亲的"药、苦、臭"所列那些菜名儿除了个臭豆腐还能接受，其余的我听了耳朵要发酸见了要躲得远远的。不过，苏南的"臭菜"说的是春韭和蒜叶两道，说是臭菜其实有新香，我尤其喜欢。

我的记忆该从二十世纪八十年代初开始。我的记忆也有所挑剔，喜事存下来的多，兴许是喜事可以从新娘嫁妆的绸缎被子里摸到红蛋、进门时拎子孙桶还有喜钱外，最开心的是一串小炮仗放到完恨不得有一半是被漏掉没放响的，小孩子们就从那些碎的纸片中翻寻还有药引的装进口袋，然后划根火柴点着玩。我记得那时候的喜宴与如今相比那就太寒碜了，大概四个冷盘，几个炒头，所谓的大菜就是煨一只整鸡加八个鸡蛋（八仙桌坐八个人，现在的圆桌一般十个人），蒸只蹄髈，一份甜饭还有一碗酸猪血汤。村子的喜宴就如此组成。那冷盘少不了芹菜：打掉叶子，茎放沸水焯一遍，拧干水，切段，放盐、红糖、味精、麻油等佐料拌匀。那菜我并不吃，小孩子爱吃甜食，扳个鸡腿盛些甜饭后就一哄而散玩去了。

芹菜应该是两种菜的统称。喜宴里用的是"水八仙"之一的水芹，味道可归入"苦"；中药味的是旱芹，也叫药芹，细柄的，不像现在肥大的西洋芹。过去我偶尔吃两筷芹菜，因为放了糖，对甜的需求也就减淡了苦味，而药芹是一口不吃的。还有盐水菜（芫荽）、蓬蒿之类，凡带药味的一律排斥。现在我倒是非常喜欢吃那种细柄药芹了，蓬蒿也吃一些，唯有芫荽依然不碰。这倒是奇怪的事。

如今的水芹中有一种较名贵的品种：溧阳白芹。其口感脆嫩爽口，微甜不腻，风味令人垂涎欲滴，深受世人喜爱。早在八百年前的南宋时期，溧阳县城郊唐家村、钱家村一带的农民就在种植、栽培芹菜。秋天，城郊的农民把水芹的根茎一行一行地排种在施足农家肥的土垄上。待水芹新苗冒出土面五至十厘米时，壅土覆盖，仅留五至十厘米的茎叶露在外面，茎鞘在土壤中生长。初冬时节，将土扒开，就露出水芹洁白如玉的茎鞘，故又叫"溧阳白芹"。溧阳水芹是百味蔬菜中的佼佼者，根脆、茎嫩、叶青、水分多，色白如雪。特别是开春后的水芹，根越粗越脆，水分越多，而且嚼时无渣。用水芹配肉片、冬笋一炒，或在沸水里一撩，再加上调料一拌，那就是一道色、香、味俱佳的热炒或冷盘了。

在唐朝以前，长江所经之处布满湖泊沼泽，长江中游古代有著名的七泽。司马相如《子虚赋》形容七泽之一的云梦泽的生境是："其南则有平原广泽：登降陁靡，案衍坛曼。缘以大江，限以巫山。其高燥则生葴菥苞荔，薛莎青薠；其埤湿则生藏莨兼葭，东蘠雕胡。莲藕觚卢，庵闾轩于。众物居之，不可胜图。"藏莨说的就是水芹吧。明人陈继儒写到"春水渐宽，青青者芹，君且留此，弹余素琴"，将芹写到如此雅趣的，好像再无过者。

八百年前的南宋时期，溧阳白芹不知道与苏东坡的美味菜肴"蕲芹春鸠脍斑鸠"有没有关系？说是曹雪芹最爱吃"雪底芹菜"，倒与溧阳白芹的姿色颇有几分可以想象的空间。

人近不惑，慢慢迷恋起药芹的味道。而其实，病越来越多，也开始与中药做起朋友来。我真的喜欢吃药芹了，殊不知还真把它当一味药来吃了：平肝清热，降血压，治头昏脑涨……

山　芋

　　十多年前在宜兴第一次尝到了"紫心山芋"。平常的蒸法，皮比纸还薄，剥与不剥没什么区别，口味和一般的山芋也差不多，只是紫皮紫心的，吃起来有点别扭。现在上馆子吃饭，山芋也算是个角色了，几乎都点上一道"大丰收"，说是吃些粗粮对身体好。粗粮一般取五种，芋头、山药、大栗、荸荠……但玉米和山芋肯定少不了。

　　南方种山芋，一半归猪，一半归人。南方农家人的灶是三眼灶，分外锅、中锅、里锅，大小也依次。外锅用来炒菜，中锅煮粥煮饭，里锅最大，用来烧猪食的。厨房里的桶一般有两只，水桶和猪食桶。猪吃的是山芋藤，山芋藤匍匐蔓生，茎节能生芽，长出分枝和发根。农家人右手持剪刀，左手拉一根剪一根，握得齐茬茬的，便于回去切段。烧熟的山芋藤拌以麸皮或糠，就可喂猪了。

　　山芋归人。儿时贪嘴，老干坏事，在人家的山芋地扒拉一阵，拎着根须往深里掏，山芋像个熟睡的娃娃。摘了山芋，再把土抔好，收拾一下痕迹几乎看不出来。山芋红皮白心，洗净，又脆又甜，把山芋当水果吃城里人可能没这吃法。城里人吃的是烤红薯，冬天常见卖烤红薯的推着由铁皮桶制成的炭炉，冒着灰烟，游走在街头巷尾。烤红薯很是烫手，左手换到右手，一个劲地用嘴吹气，吃起来又香又甜，味道确实不错。乡下人吃山芋除了生吃，可以放粥锅里煮、放饭锅上蒸，也可以在外锅里焖。我觉得最好吃的，还是在灶膛烧柴火时，扔几个进去，用火叉把柴火的火星扒盖在上面。剥掉焦皮剩下的芋心少得可怜，手上、嘴上弄得乌漆抹黑，可特香。如果把山芋切成薄片，晒干，平时装兜里可当零食吃，嚼得嘴巴干干的，不是挺喜欢，可有的吃总比没的吃好。这山芋片还是烧腊八粥用的一道料。以前的腊八粥没有现在讲究，好像取上八样充数而已，一般就是干的赤豆、乌豇豆、蚕豆、花生，加上芋头、山芋片什么的，能放几根猪骨头那就非常不错了。我记得腊八粥热到第二、第三天吃，更香。

"按番薯种出海外吕宋。明万历年间闽人陈振龙贸易其地，得藤苗及栽种之法入中国。值闽中旱饥。振龙子经纶白于巡抚金学曾令试为种时，大有收获，可充谷食之半。自是硗确之地遍行栽播。"最早记载山芋的大多在福建的地方志录或农书上，史料证明山芋在十六世纪末叶从南洋引入中国福建、广东，而后向长江、黄河流域

山芋

及台湾省等地传播。而现在，中国的山芋的种植面积和总产量均占世界首位。这不能不说中国的人多，猪也多。

山芋归人其实还有很多吃法。小时候，大人把山芋洗净，放进打磨的机器轧碎，把山芋渣筛出来，这是猪饲料。流出来的山芋浆像牛奶，里面的淀粉沉淀下来，就是好东西了。山芋淀粉调成稀糯糊，然后用勺子把它浇入专用蒸笼里蒸，浇一层熟一层再浇一层到一定厚度，待全部蒸熟了，倒出来冷却后，用两夹板将蒸熟的淀粉块固定住，用刨子一把一把地刨成粉丝，放进竹匾里，晒干储存后就可以当作菜肴随时食用（现今有道菜叫"蚂蚁上树"的主料）。一把粉丝束成一团，我们那叫"束粉"，可能是储存方便，也可能是计量单位。那时过年走亲戚，午饭前总先吃一碗"束粉"，里面放两个鸡蛋，好客一点的就三个，但一般客人总是吃一个，其余的夹出来，留待主人招待还没到的客人。那时的"束粉"吃起来挺有味的，黏糊，不像现在的粉丝，看起来精细又晶莹，料不纯，好看却没味。

还有一种"涂粉汤"，我是念念不忘。以前做"束粉"前总会留一大钵头淀粉浸在水里，想吃"涂粉汤"时，就用勺子舀些出来，放碗里用水搅匀，然后在热锅上涂成饼状，切成一小块一小块的。烧汤的话不过是放进沸水中，油、盐、味精，一把韭菜段或蒜叶段。看起来清爽，拌入米饭咕噜咕噜一碗就下去了。现在的饮食，喝汤好像是一种健康的饮食方式，那时更多的是下饭耐饥而已。

我现在连山芋开不开花都不能肯定了，如果开花，山芋的花长什么样子就更想不起来了。读到韩东的《小城好汉之英特迈往》，许多集体记忆跃然纸上，回想那时的情景倒也觉得有趣。他写讨厌吃山芋的丁小海因为家里没养猪，就没有可能把山芋倒给猪吃了，连他家的看门狗都不吃山芋，却吃屎，令丁小海非常不解。把山芋吃下去，再拉出来，变成屎狗才吃。这样一来丁小海就得先吃山芋。这一循环读来稍有点恶心，但二十年后却发生了太多变故：我见不到狗吃屎了，人却持续上升对粗粮的信赖和热情。

麻

大片的田野与小河间有个差不多三十度角的河坡，一条河的两岸就这么从容地枯荣相替，娓娓讲着平原上的那点儿事。

这地方我在《草图》里大致描述过，"那河水还会由南向北流淌/那月亮还会赤脚过河……老祖母皴裂的指头抚摸过这里/那些水稻，麦子，山芋/那些南瓜，桑树，高粱"。河坡上，一个小男孩汲着鼻涕，那么用心地把节节草一节一节拔下，又接好。

乡野遍地是玩具。男孩身后不光是这些庄稼，还有绿油油的大麻地。他玩腻了节节草，又起身折了根大麻，摘掉叶撕去皮，一把白晃晃的剑就舞了起来。

大麻也叫火麻，桑科植物。与桑有关系了，一下亲切了许多。桑科、麻类植物，多用以造纸和编织。大麻的茎皮纤维可以制作绳索，叫麻绳，非常结实。还可以编织麻袋，囤装谷物，甚至织成麻布。古代士人爱着麻衣，李山甫有"麻衣尽举一双手，桂树只生三两枝"句。披麻戴孝的人，也少不了它。

收割完大麻，一捆捆麻皮卖了，可以换取日常所需。留下的一小把，撕成小条，用来裹粽子。乡村是挺有意思的地方，一把米，放些花生、赤豆，摘几张芦苇叶，裹好，妈妈咬住麻线的一头，手捏住另一头绕几圈，扎紧，一只玲珑的粽子包好了。去掉皮的麻秆在铁锅下噼啪作响，清香已经涌到了鼻尖。在垃圾包围的地方，总怀念乡村的那份洁净。

宋时，周密写《齐东野语》治小儿疮痘的老医方子也用了麻皮，"以羊子肝破开，入药在内，麻皮缚定，用米泔水熟煮，切食之，凡旬馀而愈"。

调味的麻油，有芝麻油和胡麻油。胡麻是亚麻科，麻籽可以榨油，茎皮的纤维可以制成一种非常舒服的亚麻布。枝叶晒干后，当然也是好柴火。

蓖麻看起来和麻有些关系，其实是大戟科植物。它的果实毛茸茸的，像狼牙棒，和苍耳一样，也可以作玩具，一颗扔过去，能粘在对方头发上。

苘麻是锦葵科的，可能谐音的缘故，也喊作青麻，其实每一种麻都那么青过。说也可以用来搓麻绳、编麻袋，我没见大人们用过。倒是它的蒴果，半球形，成熟后棕黑色，妈妈用来给馒头点红的，说是很好看，妈妈也叫它馒头草。有人说叫磨盘草，仔细看看，那蒴果还真像只磨盘。人们给花草取名字，还真有点随性的美。

很多年过去了，男孩记得最深的是火麻，他一直有侠客梦，那麻秆曾让他独创了好多招式。后来为什么少见这种火麻，不知道缘由了。曾经的八谷"黍、稷、稻、粱、禾、麻、菽、麦"中有麻的，火麻仁也可以吃。可能是吃着吃着，没有稻子和麦子好吃，就不去吃了。我想吧，也许这火麻也叫大麻，植物亚种间多少会含有那种可以满足坏欲望的成分，所以慢慢地不许种植了。人这东西，饱暖了，坏心思就多了。

草木中，好吃的、好玩的、好看的，往往容易令人记得住些。离田野久了，连月亮的阴晴圆缺都不太关心，有时靠一本《小窗幽记》调理一下内心的麻木。那片种过大麻的地还在等着，男孩终会有回去披麻戴孝的一天。

蒲　草

蒲的模样，长得很诚实，我个人是这么认为的。蒲扇，蒲团，蒲席……一位慈祥的奶奶和小孙子对话的清凉夏天，满满的温情。

那年从北方回来，分外想念妻儿，当南方熟悉的植物群落慢慢收入眼底，我写下这样几句，"菖蒲上，两只白头翁/含情相望，相守/长着我们很快就到来的样子"。

我脑子里画面中的菖蒲其实不叫菖蒲，叫香蒲。香蒲也叫蒲草，嫩茎芽摘了可做菜吃，而菖蒲是有毒的，所以人们喊它臭蒲。人有时很可爱，喜欢的就喊香，不喜欢的就称臭。比如香椿的嫩叶是一道味美的蔬菜，臭椿却不是。在"香妈妈"面前，连孩子都老爱喊我们"臭爸爸"。

蒲棒长得像蜡烛，有的地方就干脆叫它水烛。都说水火不容，水中的蜡烛，很奇妙的相遇。

我曾经是个见杀猪也会哭的人，虽然那时爱吃猪肉，但哭是有个前提的，杀的是自家的猪。我曾经还是个夏天见猪在圈里被黑压压的蚊子咬得"咕咕"叫着直甩尾巴和耳朵也会心疼的孩子，所以我经常去河边折香蒲，将蒲棒晒干，燃在猪圈驱蚊。那时候人们用的是"野猪牌"蚊香，还舍不得给猪用上。

小的时候，我每年都可以穿上新的棉鞋，却老羡慕那些穿不上棉鞋的同学。我想和他们换鞋穿，他们不愿意，还笑话我的棉鞋没他们的蒲鞋暖和。这么一说，我就吵着大人给我做一双蒲鞋神气神气，无奈，我家没有一个会做蒲鞋的大人。蒲鞋是用蒲草编织的，鞋底铺上晒干的芦花，所以也叫芦花鞋。那时候我并不晓得，那些穿蒲鞋的孩子，拖了两只小船，是多想有一双我穿的灯芯绒布面的轻巧的棉鞋啊。

蒲草和芦苇，这种芦花鞋的结构，大概很古老时就有了。《礼记》说，以前士死了，"苇席以为屋，蒲席以为裳帷"。一苇一蒲，人至终老时终于可以素得那么干净了。

几十个冬天过去了，那些笑话我的棉鞋没他们的蒲鞋暖和的伙伴们也有离去，大多过得好好的，只是胡茬灰白了，灰白得相见时彼此忍不住唏嘘一笑。我还是想有一双蒲鞋穿穿，感受下满满的温暖——那芦花上大概可以孵出一群小鸡来。

高　粱

原本想写玉米的，顺带写几句高粱。

我对玉米其实也没什么感情。一个好玩的朋友，将玉米的须子扎成各种辫子，照片上看起来像一群可爱的女儿。于是想起零星种在蔬菜地或水塘角落的玉米来，而且很奇怪，我们那总是种几棵玉米，旁边种几棵高粱。玉米熟了，摘下来煮了吃，有时甚至懒得去摘，也不知道人们为什么会去种它，或许是看不得一点点地空在那。高粱更不像种来吃了，偶尔摘下来煮把，撒些盐花，嚼几口，消磨消磨时间。倒是每户人家都会有几把用高粱穗子扎成的笤帚。我见爷爷和外公都会扎。

小时候，玉米的须子我们会撕下来塞鼻孔，捋着玩。有些人回忆，那时吃的一种像甘蔗一样的东西就是玉米秆。这也是我想写玉米顺带写几句高粱的缘由。那个不是玉米秆，是高粱秆，想想当年为了一把甜津津的秆儿，掀高粱叶子时，不知划破了多少次手。

高粱秆也叫甜粟，也有人叫芦粟、芦稷。以前爱吃一种糖，就是这种甜高粱做的，叫高粱饴，嚼起来糯糯的，我现在牙齿不好，什么糖都不吃了。

莫言谈起贾平凹时说，和他不同的是，一个吃着稻米或者吃着小麦长大，一个吃着红薯或者玉米长大，他把这些物质化的东西比作写作的秘密钥匙。莫言没提到吃高粱，在我看来，他长得就像一棵高粱。《红高粱家族》我一直没去读，连续剧《红高粱》倒是认真看完了。九儿点燃"三十里红"的那刻，那片红彤彤的高粱地像一首荡气回肠的史诗。

"酒这东西看起来就是一碗水，实际上它可是五谷的精灵，你想那一粒一粒的高粱种子，春天撒在地里，太阳晒，雨水浇，多少个日夜啊，除草，施肥，拔节，抽穗，灌浆，成熟，这才由种子变成了粮食。又经过大火灼烧，酒气生成，这才由粮食变成了酒。这中间经过了多少历练啊，经过了多少粉身碎骨的痛苦，对酒不可以不敬，不可以过纵，做一个好的酿酒师傅，这是头一条。"罗汉对豆官如此开始启蒙。我这个人，对酒过纵了点。我向往过两个职业：牧羊人和酿酒师。若有一日成为后者，必当以此为鉴。

喝了好些年酒，才关心到两种代表身份的好酒都离不了高粱，一种由高粱、大米、小麦、糯米和玉米烧制，一种由高粱和小麦烧制。一时间，对高粱这种不起眼的作物突然有了敬畏之心，我偏爱那些垂首的事物。一株高粱，让四个酒香扑鼻的词语从眼前闪过：建安风骨，盛唐气象，少年精神，布衣情怀。

写着写着，变成写了高粱，顺带写了几句玉米。

我家储酒的房间里，有一片茂盛的高粱地。

葱

　　我和妻子上菜场时，会有点不同。

　　如果哪天想炖鸡汤的话，我会买一小撮香葱。细细的，和韭菜差不多大小，切成小碎段，盛好鸡汤，往上面撒上一撮，那汤看起来就像湖面上漂着一些浮萍，突然心旷神怡，一下有了胃口。我所说的和妻子不同的是，我所需的小葱得买，到一蔬菜摊上，给一个五毛的硬币，如果只有三个一毛的也行，然后摊主随便拎几根给我。妻子都是讨的，而且买菜的都会给，送她的小葱也未必比我用五毛或三毛买来的要少。倒不见得妻子比我上菜场多、熟识的小贩也多，于是人家送几棵葱拉拉生意。我看有两个问题很明显：一是女人一般比男人会理家，虽然一个家也不是靠这几毛钱可以打理过来；二是小葱可有可无，时髦的说法就是附赠品。若是后者，我未免要替它叨唠几下了。

　　葱与姜、蒜、辣椒、胡椒合称"五辣"，后面四位江湖味重了点，如果葱于此处指洋葱，"葱辣眼，蒜辣心，辣椒辣两头"，以洋葱的分量跻身其列倒也算"同门"。香料分类时也把后者归为辛香料，唯独葱属香草。

苏南乡间最常见的是小葱与大葱两种，小葱也即香葱，因属"配料"，故种植疏朗，清清爽爽那么几簇。葱叶碧绿而空心，茎柔细而香，归为香草倒也贴切。"葱从囱。外直中空，有囱通之象也。芤者，草中有孔也，故字从孔，芤脉象之。葱初生曰葱针，叶曰葱青，衣曰葱袍，茎曰葱白，叶中涕曰葱苒。诸物皆宜，故云菜伯、和事。"李时珍在《本草纲目》中说葱时很是精彩，总算有了点诗人气质，没把大自然完全弄成个大药罐，这"和事草"的名字听起来既美也和葱的身份大抵相符。

我承认葱诞生于古老的年代，究竟多古老无从考证，记载下它的《尔雅》《论语》《吕氏春秋》《礼记》等都是有些年纪的古籍了，但我有点不开心，书里都在说葱是良药。民间常有"无葱不炒菜""无葱不成席"之说，我想此文先把它的药用性撇开，只说说它是一种调味很不错的蔬菜。

比如我们都吃过一道名为"小葱拌豆腐"的家常菜：豆腐、精盐、香麻油、味精，如果少了葱花，这菜远远不可能有色泽素雅、清香飘逸、鲜嫩爽口的效果。生活慢慢讲究精致的节奏下，一道菜兼顾色香味也有了必要。"色"之所以居首位，是因为这年头不再是简单地搪塞温饱的粗糙而直接的饮食方式，我们常说要有视觉享受，要抚慰心灵，因此一道菜开始延伸到了"艺术"的范畴。要是"小葱拌豆腐"缺了香葱的小家碧玉真是大煞风景，只剩下豆腐就像人老珠黄的闺女。类似与此的还有阳春面，但香葱且不可多放，要不就显得喧宾夺主了。

大葱也是。大葱在我老家喊胡葱，我的印象中胡葱很少配菜。大概是腊月二十过后，老家有酿酒、杀猪、做豆腐的习俗。豆腐一般做几筛，大部分切成片搁在院子经过霜冻做成"冻豆腐"，过年以后炖腊肉吃。新鲜的奶奶用来做一道菜：胡葱笃（烧）豆腐，一做好几天。"笃"字看起来就厚重，比烧更见火候，那味道特别好，可惜我描述不出来。当然，这道菜里的葱已经不考虑其色，黄不兮兮的，很是难看，可它的香却与豆腐融为一体了。很多年没在乡村过腊月，所以也很多年没吃到这道菜，此刻想想有点感叹。整日出没于所谓要点情调的餐馆，嘴刁了，人也有点忘本。有时想饮食这档子事，填饱肚子可真是个大问题，实在比艺术重要多了，比如奶奶的"胡葱笃豆腐"就堪称适用于任何年代的手艺。

唯一不同的是，十年前去泰山看日出，爬到玉皇顶已是凌晨两点，疲倦得眼皮睁不开，一觉醒来竟已中午。下山时饥肠辘辘，半山腰处有个煎饼摊。煎饼薄而金黄，看起来十分诱人，卖煎饼的人从平锅上取了煎饼后，卷了根半是洁白、半是青翠的大葱。这对我来说是件可怕的事情，我让卖饼人把大葱抽掉，换根火腿肠进去，塞进嘴里左咬右咬硬是扯不断。可让人笑话了。后来在张光芒教授家里再次遭遇这一组合式的食物，见他嚼得津津有味，任凭他怎么劝我也不敢下口。南方人和北方人是有区别的，葱在南方只是配料，在北方却可算作主食的一部分，少了葱、蒜之类吃饭也就没了味，因此南北对葱的感情就大不一样了……十年后再去爬泰山，煎饼摊上我仍然让卖饼人把大葱抽掉。

葱也可玩。小时候总爱摘些柳叶、竹叶、麦秆吹"曲子"，有的孩子还真能吹出歌的调子来，乡野的乐趣在我们这一代是深入骨髓的。葱也能吹，取一根葱管，将葱尾切去，摘掉葱尖，用手稍搓一搓，葱管变软了。只不过声音没竹叶吹起来脆，一顿一促，乌里哇啦的。"总角黎家三小童，口吹葱叶送迎翁"，苏东坡被贬海南儋州时看见儿童吹葱时不免童心大发，手舞足蹈起来。这一弄和黎族小朋友拉近了距离，"野径行行遇小童，黎音笑语说坡翁"，足以为证。

香葱是多年生草本植物，但一般种植一两年后也需换地重栽，不宜与其他葱蒜类蔬菜接茬。每一株丛拔收一部分，留下一部分分蘖、生长、繁茂。我相信这里面潜藏着一股巨大的力量：几撮碧绿的香葱，簇拥在破旧的花盆或装蛋糕的塑料泡沫盒子里，在泥土的庇护下，它们四季皆长，春秋最旺，看起来与田垄间的兄弟姐妹并没有什么区别。这几乎是小镇每户人家后门必有的一件摆饰。

　　泥土究竟用怎样的一种力量在召唤着人们反复活着与它们息息相关的记忆？也许最好的答案来自费孝通先生《乡土中国》里的一段描述："我记得我的老师史禄国先生也告诉过我，远在西伯利亚，中国人住下了，不管天气如何，还是要下些种子，试试看能不能种地。"于是到了城里，楼下的草地上还会被某个妈妈偷偷地锄出一块来，种上青菜。我家阳台上好几个花盆里，也时不时冒出葱、蒜好奇的脑袋来。

蒜　叶

剥个蒜头，随手揩几下，往嘴巴里一塞，像嚼花生那么香。我见过好些这样的人，就挺好奇的，真有那么好吃？我是不敢这样吃的。

从小见大人做饭，于是炒苋菜、菠菜、茼蒿时，我也习惯了拍几个蒜头放下去。蒜头在绿油油的蔬菜中冒出来，像白胖胖的小子，菜夹完，蒜头还是剩了下来，但比不放蒜头的做法口感要好。

有一种蒜头吃过，叫"黑蒜"，椒盐味的，以为是被烤黑的。吃起来糯糯的，还有股甜味，没有一点蒜臭。后来知道，这也是新鲜生蒜带皮发酵而成。

蒜头捣成蒜泥又不一样了。吃火锅调料时，我喜欢往佐料里加一小勺，够味。烧烤的茄子、蒸扇贝的粉丝又或者丝瓜娃娃菜之类，加了蒜泥，味道也出奇的好，而且名字也诗意了不少，叫"蒜茸"。

有意思的是，新鲜蒜头我不吃，蒜薹也从不尝一口，蒜叶却是我特别喜爱的。比如蒜叶炒鸡蛋、炒猪肝，我和朋友们认为最经典的是蒜叶炒咸肉丝，油汪汪的，口感特嫩。冬天时，我们这有道"蒜叶烩羊肉"，几乎是所有好吃者的最爱，这个蒜叶我又是不吃的，因为我从不吃羊肉。

有时，用不了的蒜头透出芽了，舍不得扔，我会找个空花盆栽上，做蛋炒饭、阳春面、小馄饨没有葱花我是极不想做的，蒜叶切碎可以替代葱花，甚至香味比葱花还好闻。

还有一种小野蒜。"野蒜根含水，沙葱叶负霜"，说的似乎是漠北景象，其实沙葱江南乡野也可见，开白花、黄花和紫花，人们常喊它"山葱""野葱"。而野蒜的别名也有野葱的说法。野蒜和野葱不一样，野蒜的鳞茎是球形状的，野葱的鳞茎则是圆柱形。野蒜也叫薤白，土生土长的野菜，炒鸡蛋、切碎做饼都可以，很香很好吃。

以前去菜市老爱买把韭黄回来，一直不晓得有时买回来的是蒜黄，卖菜的也从不会和你说——听说韭黄的价格远比蒜黄贵。其实韭黄就是韭芽，没有阳光照射也就没有叶绿素，实则就是黄韭菜。蒜黄是大蒜的幼苗，也在黑暗条件下软化栽培，所以颜色看起来差不多。韭黄像韭菜，叶茎是扁平的，而蒜黄的叶是筒状的。

哎，若不写蒜叶，我都不知道有蒜黄的存在，总奇怪有时买的韭黄为什么口感来去很大。但有一种韭黄透出嫩绿，那是不会买错的。

蘑 菇

　　三十多年前东部中国的一个小村子里，雨过天晴。一棵朴树的树根周围，一把把褐黄色小伞冒了出来。一只母鸡领了几只小鸡转悠到这里，它们从松软的泥土中左掀右翻，得到了美味的细长的红蚯蚓。它们的喙不小心啄破了那些小伞。一个孩子过来哄走了它们，之后蹲下来会心地笑了，他钟爱这种伞的结构，他的手欲伸又缩了回来，"别去摘这些东西，有毒"，他记得大人的话。他盯了一会，又走了……他特别想遇见一种白蘑菇。

　　"有蘑菇吗?"

　　"有毛头乳菌，松乳菌，牛肝菌。"

　　"白蘑菇呢?"

　　"也有白蘑菇，只是眼下天冷了，白蘑菇都搬到枞树底下去了。白桦树下面你找也用不着找——都在枞树底下哩。"

　　"它们怎么能搬家呢，你什么时候看到过蘑菇走路啊?"

护林员的女儿慌了，对普里什文做了个狡黠的鬼脸，说："它们是在夜里走路啊，我怎么能在夜里看到它们呢？这是谁也看不见的。"

多可爱的小姑娘啊。她的俄语听起来和中国话差不多，所有孩子淘气的鬼脸都像一朵洁白的蘑菇。

有意思的是，近来读了两本书，都写到了蘑菇。蘑菇于我，暗示了一种喜悦的轮廓。第一本却完全不是。

张炜的《蘑菇七种》这样结尾：又是一个黄昏。宝物蹿跳在水汽淋漓的林子里，一眼看到了小六的坟尖：一簇簇蘑菇顶伞鼓出新土，被夕阳映得金光灿烂。它有些恐惧地闭了眼睛，轻轻地绕过去。当蘑菇味儿渐渐淡了时，它才重新奔跑起来。暮色苍茫，树影如山。宝物出巡了……

宝物是条丑陋的野性难驯的雄狗。我从未见过如此"邪恶"的狗，它以为自己是这片林子里的老大，一只老獾领着一只小獾大模大样从它面前走过，它都觉得受到了巨大的藐视。有次它趁小獾独自啃食大獾留下来的碎肉时，就把小獾赶到一边去，将三个最毒的蘑菇搓成泥汁撒在碎肉上，躲起来看着小獾吃掉了。小獾抿着嘴，它乐坏了，跳出来告诉小獾：你是必死的。当然，从此这个林子里再也没有出现这只小獾。

写得有点像寓言，可我从来没有见过如此"邪恶"的狗。

蘑菇

蘑菇还长在坟尖，那真不是个好地方，像坟上又堆了一个个小坟。

那里的蘑菇不可爱，它们奇奇怪怪的脸布满死亡气息。宝物看见女书记把几颗花顶毒蘑菇揣进了衣兜。那个驻村干部中的公社女书记，另有了新欢，为达到长期鬼混的目的，用一种叫"长蛇头"的毒蘑菇毒杀亲夫，恐其不死，数量过倍，先搓成碎屑，再拌以黄酒，煮汤加肉加蛋花加葱白，使其鲜味扑鼻。

多好的蘑菇啊，"精心"地做了这样一碗热汤，却比匕首还冷，看了就不寒而栗。

另一篇是汪曾祺的《黄油烙饼》，蘑菇是好吃的。爸爸去年冬天回来看萧胜和奶奶，带回来半麻袋土豆，一串口蘑，还有两瓶黄油。土豆是他分配到的，口蘑是他自己采、自己晾的，黄油是"走后门"搞来的。黄油营养好可以抹饼子吃，土豆可蒸、煮、烤了吃，口蘑过年时打了一次卤。后来奶奶死了，萧胜去了爸爸那里，学会了采蘑菇。下了雨，太阳一晒，空气潮乎乎的，闷闷的，蘑菇就出来了。

这里的蘑菇就会让我喜悦：草地上远远的有一圈草，颜色特别深，黑绿黑绿的，隐隐约约看到几个白点，那就是蘑菇圈。滴溜圆。蘑菇就长在这一圈深颜色的草里。有一个蘑菇圈发了疯，它不停地长蘑菇，呼呼地长，三天三夜一个劲地长……我读了真想挽个竹篮跳进这几行里，抢着采蘑菇，我也想用线穿起来，挂在房檐下，挺老长的三四串。可我和萧胜不同，他一边用线穿蘑菇，一边哭了，他奶奶是慢慢饿死的，他要给奶奶送两串蘑菇去。

我仿佛把篮子放了下来，不忍心再与萧胜抢蘑菇摘了。

人民公社时代，蘑菇可以杀人，也可以救人。杀人的花顶蘑菇有点冷艳，救人的口蘑十分朴实。

想起小时候的蘑菇罐头来。撬开铁皮盖，一朵朵半熟的奶黄色蘑菇像一块块寿山石，温润得很。我一直觉得那时的蘑菇是最好吃的蘑菇，过节时才舍得买。蘑菇切片，可以炒韭菜，也可以炒莴苣，反正菜色特别清爽。东北人用小鸡炖蘑菇，我们那没有这样的做法。

我们那也不产蘑菇，偶尔见一棵腐树的枝干上长了木耳或蘑菇，有人会欣喜地摘下来，但从来没有人会做菜吃。"可能有毒"提醒平原上的人不会为了口舌去做没把握的事，何况我出生的年月早已不是萧胜所处的时代。

我只是想说，孩子心里都有一片森林，森林里长满雪白雪白的蘑菇，孩子的胳膊都挽有一个小篮子，也都有一颗采蘑菇的心。

无论是《蘑菇七种》的悲，还是《黄油烙饼》的苦，蘑菇依然长了一个关于童年的梦。蘑菇于我，几乎等同于一种喜悦的样子。所以，当我吃到平菇、猴头菇、草菇、香菇、金针菇……各种各样的新鲜菌菇时，我都不觉得那是吃蘑菇。蘑菇在我心里只长了一种样子，也只有水彩蜡笔可以画出来：伞一样的帽子下面，白白的粗脖子，是我可以变成小矮人与昆虫一道去住的房子。

这种蘑菇就是萧胜采的口蘑，内蒙古草原上多，说是一般生长在有羊骨或羊粪的地方。我还琢磨着，怎么《诗经》那灵巧的手指漫山遍野的"采蘩""采蘋""采葛""采苓""采薇""采芑""采菽"……为何不来个心动的"采菇"？其时，内蒙古草原尚不在可采的版图。我喜爱的写菜蔬的范成大、陆游也没在诗里写过蘑菇。杨万里倒是有首《蕈子》，却没什么动人之句，真不如"小荷尖尖与蜻蜓"的画面。

萧胜是不是就在内蒙古草原上看到了那么神奇迷人的蘑菇圈呢？我没去内蒙古草原，特别想去看看。

稻　子

　　可能因为饿过，饿得极度恐慌，莫言到现在还在写诗，写那个想入非非的年代里，他奶奶想把水稻和芦苇嫁接在一起，试验了一千多次；他爷爷想让大象和猪杂交，但没弄到大象的精子。他在诗中写，不敢嘲笑祖宗的梦想，还想把爷爷和奶奶的试验继续。他在诗中还写"袁隆平也刚说过：/我做过一个梦/梦到水稻的茎秆像高粱/穗子像扫帚/在稻田里散步/在水稻下乘凉"，梦多么好啊。

　　我出生的地方已少见水稻田了。我出生的地方离长江很近，我说"它的每一条支流边/大群麻雀正跃入水稻田/仿佛母亲脸上/妊娠斑异美的光辉"，不久，就似乎变成了一句编出来的谎话。我熟识的人们并不那么懒，他们显然无法适应没有劳作的生活，只是他们越来越像可以哄骗的孩子，在那些庄稼地里种下其他"更有效的作物"，这样，他们可以买到足够的粮食吃，口袋里还能多点钱。所以，我心疼他们，却无法对他们说清楚所谓的"远见卓识"。

这仍然是个少数人可以令多数人心甘情愿地慢慢失去一切的时代。

有友约了去田园走走，主题是看水稻，我居然为着去看水稻这样的事很开心。那里其实和我出生的地方差不多，水稻也不见得比我之前看到过的好看。只是，一触摸到收割后稻茬上存留的乡村温度，我会羞愧；入住的那间民宿中"耕读学堂"四个字，撞见这额头上方的眼睛，我会羞愧。露水，鸟群，田野上的诸多事物，令我羞愧。

幸好。东林渡，横泾烧，温润、热情的两个词牌交织出丰硕的江南一日。东林渡的米酿出了如此好的烧酒，让我暂且忘记那些羞愧，安然入睡；东林渡的米又煮出了那么香的粥，将我从好梦中唤醒，暖和一下生了慢性病的胃。恍惚间，我回到了小时候，祖父祖母左右呵护的时光……

几乎相同的方言口音，几乎相近的童年背景，我同属南方的兄弟黑陶满怀恩情地写下南方精神的物质基础："粥，依然是南方百姓最为信赖的食物。淘洗过的白米，从水缸里舀起的清凉河水淹盖它们，耐心的火焰使水米交融。渐渐地，米香溢起，锅内变得滚烫、黏稠——这，就是我们的粥。"熬粥用的是白扑扑的大米，弥散健康的体香，照耀着南方少年在天地之间果断地拔节；熬粥最好是乡村普通百姓人家的土灶，稻草跳跃的火苗舔舐着漆黑锅底，在看似熄灭的灶膛，水稻的另一组成部分柴却依然用余温成全着米的个性的完美体现。

中国有古老的开门七件事之说，柴、米居油、盐、酱、醋、茶之先。那么我的身后应该要有这么一片田野：比如我最信任的画面出现在沉甸甸的五月或十月，勤劳业已成为生理反应的祖母淹没于厚重、浓密的穗子中央，风吹过，在浪之间她露出尚未埋葬的部分。这片田野里有二十四个守约的老客人年年光顾一次，我会感觉到一份踏实的信赖——像个即将踏上遥遥之途的少年，心里想着走不下去时可以回过头来，身后还有父母的肩膀。如同我们的转身还有生命与希望的依托和存在。

然而我根本不知道自己对这片土地的认识是如此的浅薄，仅作为一个四肢健全的人书写着一生潦草的命运。汉字经过数千年的日晒雨淋、随着农业文明向工业文明的迈进，因为无法自控的慌乱节奏，它正丧失着与笔、墨、纸为伍时的严谨、节制以及它"减肥"后的体重。我的家乡有一条俗语"秀才识字读半边"，当我用智能拼音怎么也打不出"粳"和"籼"时，只能借助《汉语规范字典》掩饰我的沮丧。而它们分别住在我手头这本一九九六年八月第一版、一九九八年六月第二次印刷的南方出版社出版的《汉语规范字典》的第二百四十六页和第五百四十六页上，我和我的祖辈们至今还在用方言读着字典里［正音］部分说明的"粳不能读作 gēng、籼不能读作 shān"。科学的程序化操作对于汉字的识别是不接受方言的，不接受它们的鲜明个性。

粳稻，水稻的一种，米粒短而粗，黏性小；籼稻，水稻的另一种，米粒黏性小，但出饭多。我居然不能正确地读出喂养我长大的粮食的名字（一九七九年六月至七月，四十天雨量很少，部分河道干涸，造成杂交稻分蘖受影响。我列下这条记录是因为发生时间与我的密切：我的出生至满月期间世界给我的礼物）。然而我依然有部分的少年时光深深地刻录下以下的农作经历：笨拙地插秧、杂乱地收割、颠晃地挑担、枯燥地晒谷收谷，其间，因脱粒对于年龄的隐匿危险向来被大人阻止。

苏南太湖平原这片土地上的农民在历经数代人对于耕作经验的积攒与修正，已然熟谙了泥土、季节、气候的性格，并与它们达成了完美的默契，于是这片土地除部分种植油菜、棉花、豆类农作物外，一贯遵守着稻麦两熟制的丰收规律，但稻子在南方百姓心中有着恒远的血缘之亲。

稻花香里说丰年，"丰年"这个产自农耕国度的词语在近二十年数典忘祖的挤对中慢慢被人遗忘，像那些积淀着深厚农业智慧的农谚一样逐渐消失。我不知道一个城市要怎样克制贪婪，才能停止大面积复制对于神造之物的摧枯拉朽之势，当我羞于把出生地与那个丰富饱满的词语"鱼米之乡"连在一起时，昔日田园牧歌式的江南把所有诗意沉淀在二十世纪八十年代以前。倒是北方，一所叫沈阳建筑大学的新校址的景观设计项目使用了"稻田校园"的设计理念令人感到惊讶与欣慰：五千年中国土地和土地上的表情，平民的田地、庄稼和耕作，造田、灌田、种田，田的收获、田的欢乐和田的纪念，它们所承载的民族的个性和文化意义，较之虚伪的、空洞的、王家贵族的大屋顶和琉璃瓦的非常语言、特殊语言有更深层的意义。

是的，我将是一个远离土地、乡村、农业的中国青年公民中的一员，我如何延续对下一代来自土地恩惠的教育？我的亲人在慢慢别离世代居住的乡村家园和世代照看的土地的一刻终于热泪盈眶，农业文明的耕作乐趣在少数几代人之后将无法追忆。我知道，我有生之年一定会到故乡的残容面前回望一眼我的童年，我要在故乡的河流边深深磕几个响头，最后嗅一嗅晚风里稻浪铺展的惊人之美和孕育之息。

麦　子

麦子是海子采摘的不倦诗意，"在青麦地上跑着/雪和太阳的光芒"，"收割季节/麦浪和月光/洗着快镰刀"，"放弃沉思和智慧/如果不能带来麦粒/请对诚实的大地/保持缄默"……这位已故的南方兄弟，无限热爱着村庄、镰刀、收割……一个个充实饱满的沉甸甸词语反复翻滚，它们永恒而庄重。当麦苗或麦芒适时铺满南方乡村的间隙，砌就了我们繁衍生息的碧绿或金黄婚床。人类文明最重要的历史，由稻子和麦子这两位植物姐妹随季节交替轮流书写。

麦子本为北方主要食粮，南方人的粮食以稻子为主：一日三餐由粥和米饭组成。我的乡村生活麦子参与了极为滋养的部分，我必须记录下几种帮助我健康发育的食物：

摊饼。关键词"摊"。面粉和水搅拌成糊糊状，起火热锅，抹灶布抹一遍铁锅。因油贵，加入数滴润遍锅。舀一铜勺面糊沿锅浇一圈，已具雏形；用菜刀（指炒菜的长柄铲刀，切菜的短柄刀称薄

麦子

刀）把积聚到锅底的面糊摊匀，直至摊饼熟，起锅如锅状。和面粉时如果没加盐，在摊饼快熟时洒半调羹红糖，红糖溶化渗入饼内堪称美味（那个年代我们对于糖或者直接点说甜的欲求远远大于咸）；如果把摊饼切碎，放入油、盐、酱油、味精，加入韭菜，叫炒摊饼，这一种更是美上加美；还有"千层摊饼"，千层是夸张了点，正因为夸张愈加说明对于年月来说的奢侈。摊这种摊饼耗油，每一层都摊得细薄，贴锅的那面翻过来再浇上油，摊一层面糊，如此反复，应该有五六层吧。千层摊饼因撒了芝麻就更香了，一锅千层摊饼吃之前还认真地切成好看的菱形。

团子。关键词"包"。面粉加温水揉成均匀的面团。馅是水焯熟的蔬菜剁碎，多为青菜和霞菜，加佐料拌匀，也常用红糖作馅。包团子时熟练地用双手手指拿捏，至半碗状，塞入馅，左手托住，右手的拇指和食指相互配合，慢慢收口，直至馅完全包在里面。双手再搓圆。水沸后下锅，团子先沉后浮，即可食。

烂块。关键词"夹（读 gā，平声）"。烂块这两个字是我自己想出来表达方言的，可能其他地方叫面疙瘩。烂块并不烂，实际上蛮有嚼头。夹烂块比较简单，也是面粉加温水调匀成面团，用铜勺舀时在钵头口刮一下（可能铜勺刮钵头之间的动作也有夹的意思），烂块形状没有规则，大小也不一。夹烂块一般是隔夜有剩饭，煮泡饭又怕吃不饱，于是在煮开的泡饭里夹几个烂块既不浪费粮食又是一天的早餐。烂块里如加有乌豇豆我就更喜欢了。

面条。关键词"擀"。擀：用棍棒碾轧，所以家家户户有一根圆、长的擀面杖。将面粉与水调成面团，用手揉匀，然后平放于桌子上，用擀面杖向四周用力擀开。面块擀到一定大小时，将擀面杖卷入其中，面块紧紧包裹住它，并用手不断向外推卷。反复几次后，将面块展开，撒上一些扑面，换一个方向把擀面杖卷入其中，进行推卷，反复推、展开，撒扑面，直至将面团擀成薄片为止。将擀好的面片折叠如围巾，切成细条，煮面时配以时令蔬菜即可，儿时手擀面里拌两调羹肉汤那更美哉。

馒头。关键词"蒸"。南方的馒头与北方馒头不同。腊月二十过后，每户人家有蒸馒头的习惯，并用硬币拨刷蘸上红颜色液体的牙刷或用一截麦秆"点红"，那是新年即临的气氛之一。包馒头会塞入肉、菜、芝麻、豆沙等馅，就是北方人说的包子。也蒸少量不放馅的馒头，主要用来祭祖宗用。加糖制成长条形的叫"大腿"，切成片，晒干，平时充当点心。时常是做早饭时放粥锅上蒸一下，或油煎。

以上种种食物制作所包含的一系列动作和过程由奶奶或母亲熟练呈现。说实在的它们谈不上美味，只是充饥用的，那时候一天的劳动消耗太多的体力，即便我之类很少涉及农事，也总是感觉到饿。随着居住地的变换，人的胃好像缩小了很多。厨房间从以前灶膛上的大铁锅到现在煤气灶上的小不锈钢锅，似乎进行着同样的三餐。可真是胃小了吗？我们对于山珍海味倒是来者不拒了。

我在不断地书写故土平原上的植物，却差点错过了它，这让我感到羞愧。多年后，我满身疲惫穿越城市的重重围困终于来到一片麦地，那里涌动着股股浓郁的热息，绿色波浪里我还能看见已故的母亲在躬身劳作，仿佛在弥补她余生未能尽守的劳作方式的那段时光，顷刻间我会幸福得满怀热泪。母亲抬起头，她的汗水在阳光下熠熠生辉，那光辉里还包含了先民最初对麦子的朴素欲望和神圣的生命蕴藏。

薏 苡

虽说"知我者，谓我心忧；不知我者，谓我何求"的周朝大夫挺哀伤的，我读《诗经·黍离》时，却极愿远眺那片高粱从苗儿到抽穗、一会就红彤彤的喜悦成长。遂想起另一种禾本科草儿来，它们零星散落于乡野间，很是讨女孩子们欢喜，她们说，它是乡村的项链与手串。从前，有太多的事物让我们那么朴素。

穗，我见过它的甲骨文写法，像采字，深沉而迷人，与人类有着极为原始的情感。如果说水稻是喂养我长大的母亲的话，稗草也算得上是我的一个阿姨了。于是，我给这另一个抽穗的阿姨拍了个照片，问朋友们她叫什么名字？

有趣的事开始了——蝈蝈、菩提子、薏米、薏仁、菩提籽、薏苡、六角珠珠、念佛珠珠、象卜落子、碌骨珠、蒲莉……神奇得还成了一种动物。坦白说，我喊它"buli"，究竟怎么写我也不知道。就像我儿子，造句时写不出来的词语就注个拼音。"蒲莉"这个回答最接近我儿时所听到的喊法，看看如此回答的人也几乎是我同一个出生地的。但可以确定的是，这个名字里的"莉"是错的，虽然很像阿姨的女性名字。而我更倾向于"菩提"的写法，有点宗教味。

一棵草木，在天地间简简单单生活了漫长的年月，因为和人多多少少发生了联系，开始有了名儿。方言的变迁，使得它们庞杂而含糊不清，我老想着尽力找回它们最初的面目，像找回一种真相。因为"爸爸""妈妈"虽有无数种文字的书写形状，它们的发音在各个角落却惊人地相似，无论是那个蓝眼睛的卷发婴儿喊的"mum"，还是这个黑眼睛的黄皮肤婴儿喊的"姆妈"，我们都从第一个孩子那里来。第一个出生的孩子这么喊过，第二个孩子就忘不了了。

《诗经·芣苢》的"芣苢"也可写成"芣苡"。有人说是车前草，有人说是薏苡，更有闻一多以"芣苢"为"胚胎"谐音，一时间竟让我觉着神圣起来。"采采芣苢，薄言采之。采采芣苢，薄言有之。采采芣苢，薄言掇之。采采芣苢，薄言捋之。采采芣苢，薄言袺之。采采芣苢，薄言襭之。"全篇共有十三个"采"字，是《诗经》"采"字最多的一篇，也是整部《诗经》里读来最欢快的一篇，特别像汉乐府民歌《江南曲》。我大概能看见这样一幅景象：一群扎了头巾的勤快女子在采收某种谷物，越采越多，越采越快，她们都是天生的诗人，随意间把这些句子哼唱了出来。

诗，有时就这么简单。一个有心的过路人将十二个短句记录了下来，于是，《诗经》多了《芣苢》这十分美好的一页。

采、有、掇、捋、袺、襭，六个动词，满载而归。王夫之《诗广传》说："芣苢，微物也；采之，细事也。采而察其有，掇其茎，捋其实，然后袺之；袺之余，然后襭之。"这一系列动作，好像不适用于采车前草吧。有人说，车前草可以治不孕，听起来那些采摘的女子是因为采到好药而愉悦。《毛序》也以芣苢为"宜怀妊"而采之。那么，好吧，薏苡也叫"薏仁"，是不是与"宜妊"更接近呢？现代医学谈起它的药理有"诱发排卵作用"。

一把薏苡穗子，有嫩绿，有嫩黄，有深绿，有褐黄，有黑亮，仿佛五世同堂。三十多年前的小姐姐们，摘下它，抽掉芯，用针线穿成串，戴在手腕上，挂在脖子上，彼时带来的快乐远大于而今满抽屉的首饰。我的外婆则捻转这菩提串，念起一段不知叫什么的经文，所以就有了"念佛珠珠"的喊法。

采采芣苢的人们还在书页上为美好食物而歌唱。我们在水稻、麦子、玉米、高粱的陪护下，从诸多"杂草"那里找到了一点点乐趣。原来它们也是谷物，当"有机薏苡仁""有机燕麦米"转眼比前者高贵时，在我眼前，大地上又升起一缕远古的炊烟。

瓜

我比那几个真偷了瓜的孩子还紧张。看瓜人的眼神将我浑身上下搜了个遍，我装作坦然的样子，双手有意无意地拍打几下不可能塞得下瓜的裤袋从他面前走过，我真听得见自个"怦怦"的心跳声，手心居然还会渗出汗来。

这种"瓜田李下"的心情是有渊源的，曹植也有过，"瓜田不纳履，李下不整冠"。有的人做贼做惯了，心一点也不虚。

还有个有趣的事，可能与车前子所处地域相同的缘故，他小时候凑满东、南、西、北四种瓜的心思我也有过。老车可惜的是，以为"冬瓜"可以写作"东瓜"，原来不是，有点小小的遗憾。

我和他不太一样，把"冬瓜"默认为"东瓜"，可我没能凑到南瓜。长大了认识了南瓜，橙黄色的，比葫芦的脖子粗大，却过了热爱凑数的年龄。

北瓜墨绿色，扁扁的椭圆形，一般用来切块喂猪，偶尔也切丝烘北瓜丝饼吃。瓜子白色，洗净晒干，炒熟后消闲，和葵花子一并成为乡间经典零食。

北瓜和南瓜都可叫饭瓜，二十年后蒸熟了，叫粗粮。

十岁前我没吃过西瓜。田里最好吃的叫"青皮绿肉瓜"，一种近白色，另一种近浅绿，瓜肉松脆。后者我喜欢吃熟透的，瓜肉酥软，瓜瓤极其鲜甜。其种子奶奶用原始的方法保存：草木灰加少许泥，用水调糊状，瓜子拌入其中，粘在灶间对着灶膛口上方的墙壁上，什么原理我就说不清了。

据我的经验，所谓的"歪瓜裂枣"往往比那些长相整齐、漂亮的更为可口，我觉得它们属于"有灵感"的一类。《聊斋志异》里最短的一篇叫《瓜异》，仅二十八字：康熙二十六年六月，邑西村民圃中，黄瓜上复生蔓，结西瓜一枚，大如碗。这不是小说，类似于新闻报道，如果不是农业的嫁接技术，那就是一种巧合。

我十岁后吃到了西瓜，这新鲜瓜果比奶奶种的"青皮绿肉瓜"好吃多了，它圆头圆脑的，花纹也好看，更像夏天的性格。抛在井里一下午，傍晚用水桶吊上来剖开，清凉得很。十五岁后吃到了哈密瓜，原来这个世界上好吃的瓜有这么多啊。我的太爷爷想来没吃过这么多好吃的瓜。从前，北方人要能吃上荔枝的，也就杨贵妃她们少数人。

枝架间的黄瓜不是很甜，随手摘根嚼嚼有时仅为果腹，小时候也没当蔬菜来做。说起黄瓜，我倒想起做过一次偷瓜的事来。东村一户人家长了一根特别粗长的黄瓜，白天很显眼地在我眼前闪着骄傲的光芒。晚上我就去偷了，我偷那黄瓜又不想吃黄瓜，真是偷得莫名其妙。那户人家的狗"汪汪"直叫，只听见"嗲人啊"的开门声，我拎起黄瓜就跑，跑了一阵子把那黄瓜一折两段，塞于莳秧季的水田，扒了泥盖好。一条多好的黄瓜啊，就这么给糟蹋了。

放在今时可以冷拌两大盘，又或者等它长老点，和河虾一块煮。

黄瓜油亮，丝瓜毛糙。丝瓜的做法一般两种，加以嫩豆子或鸡蛋清炒。有时，也做丝瓜鸡蛋汤。有年去北戴河，看见"丝瓜长廊"缀满了无数三四米长的丝瓜，像绿绿的瀑布。可惜的是，它们更多地成了照相的背景。

还有种菜瓜，是很好的水果，汁水比黄瓜饱满、甜津。偶尔炒菜，也可腌制成酱菜。之前提到的冬瓜，动不动就长成了大个头，从田间抱回来却有点发愁，那时排骨少啊，冬瓜没什么吃头。

我们那不种苦瓜。后来遇见了，试了一筷，难以下口就再也没碰过。苦瓜是可以当药吃的，没什么大病，谁喜欢苦味呢。

木瓜也是在好餐桌上见着的。三位女士三位男士的话，女士一人一份木瓜炖雪蛤，男士一人一盅牛鞭之类的汤。我从来不喝用生殖器熬的汤和泡的酒，却觉得木瓜炖雪蛤的色泽很好看，女士们吃起来也特别优雅。

北方人似乎把什么都叫瓜。南方的茄子喊茄瓜，茭白喊茭瓜，山芋喊地瓜。北方人实在，"瓜"字入眼，就看见藤蔓上挂了一个喜人的果实。

我有时也被普通话喊作一种瓜：傻瓜。

草　莓

如果有一天，有一位腼腆的老男孩趴在白花盛放的垄间，侧身俯首欲将田野里第一颗微红的草莓纳入嘴中，他的牙齿正轻轻截断那根细绿的"脐带"。被亮晶晶的露珠洗净的草莓，在舌尖扬起一丝香甜的风，汁水也咯咯地笑成了小溪流。他满足地躺着看了一会天，然后起身，环顾一下四周，生怕被人发觉他已偷偷装下了第一个夏天。那个老男孩应该是我吧，许多个梦里曾住在一颗房子般硕大的草莓里，吃了很久才打开了一扇窗户……

从冬天一觉醒来，发现初夏已躺在了身边，我想念草莓的味道了。但这是一个想念变得简短又轻飘飘的年代，不远处的水果铺，草莓早爬了起来睡眼惺忪地坐在那。食欲像尿欲一样，来得快去得也快。

草莓，蛇莓，茅莓，那一朵朵江南的小红帽。

我对草莓的爱，不是随便说说的。孩提时代，我用蜡笔画过草莓，

草莓

草莓

那画早丢了；长大时，我又用印着草莓图案的信笺写过情书，如今还依稀听得见当时的心跳，一颗草莓在抖动。

中国没有野生的草莓，中国的野草莓是茅莓，偶尔也说是蛇莓。茅莓和蛇莓，或医书，或诗词，古远时就提到了。唯独没有草莓。我不甘心。

我查阅了草莓的简历——

目：蔷薇目；科：蔷薇科；属：草莓属；种：荷兰草莓。

荷兰，明晰的地理版图。我的心不免一下子凉了。就像三个女儿中最喜欢的那个，却不是亲生的。说这话，好像偏心了些。可一想到最喜欢的三种水果紫葡萄、草莓、番茄，居然没有一个是土生土长，我好像也成了一个中国籍的荷兰人。

草莓来中国晚。大概二十世纪初，直到八十年代才大量栽植。唯一欣慰的是，八十年代这卷老胶片上，草莓与我镶嵌生长。

"若说好吃的果子中，一年中就数草莓最早了。"如果遵循自然生长法则，梭罗《野果》里的这一句表述与我达成了一致。虽然还有一种水果于我，喜爱更胜于草莓，但它要较草莓稍微来迟些。

蛇莓，我们小时候不敢吃，据说是蛇爬过的地方长出来的，也叫蛇子。也许是大人骗我们的，也许大人也没骗我们，我也没见他们吃过。大概是他们小时候也这样听大人说了。茅莓，我们吃是吃过，只是吃得少，口感酸甜，喜欢是喜欢，可是这种蔷薇科植物为悬钩子属，布满皮刺和针刺，摘不了几颗，就被扎了。你拔出刺，用尝过茅莓的嘴巴吮吸一下流血的手指，想想还是划不来。

唯有草莓的性格是温顺的。没有可怕的传说，也没有现实的伤痛。

在稻麦两作、农作物套作的家乡，没有多余的土地种植草莓。我阿姨家曾经放弃了栽植蔬菜，用那几垄自留地种了草莓。看着这种球形的聚合果，慢慢露出花盘，慢慢鼓胀，微红时我们几个孩子就迫不及待了。那几垄地上的草莓，似乎没有一颗能够等到鲜红欲滴、汁水饱满的。原本想卖草莓的阿姨只种了一年，又重新种上了蔬菜。

我对草莓之爱，从花开始。我对草莓之爱，愿当饭食。我对草莓的爱，一点不输于普里什文："昨天运来了为草莓做肥料的鸟粪，那气味实在难闻，简直破坏了五月里的空气，而我也许正是为了这新鲜空气才住在这儿的。可是有什么办法呢！不管多么喜爱五月的空气，反正为了在六月里享用草莓，就不得不在五月里闻鸟粪的臭味。"

我的家乡，原本没有大面积的水果种植，只有桃树啊梨树啊枣树啊少数几种零星栽在屋前屋后，现已分割成一个个果树园。粮食的价格还像八十年代的平房，水果的价格早已是高楼大厦。这里长出的草莓，个头一个比一个大，没吃几个就能吃饱。虽然没有以前小个头的草莓香甜，我还是很爱吃，我对草莓的爱怕是减不了了。

草莓是吃不尽了。只是鱼米之乡的人，多购买东北大米以备日常之需，这有点疙疙瘩瘩的。我偶尔路过小块的水稻田，看着那沉甸甸的穗子时，仿佛看见了一种低头的自卑。淹没它们曾经拥有过的光芒的是草莓的红，中国的红。

于是我又想起蜡笔画草莓的时光，那是原初的江南时光。如今的人都去云南了，留几张影像，所谓"丽江时光"，一张纸片真能留住时光？而这已然为一个舒缓、柔软、优雅的专用名词了。我身边的人比比皆是。一生不停旅行，走过太多好像一定要去的地方，只为获得短暂的精神归宿。归途时，却发现丢了自己的故园，丢了自己的江南时光。

我总想写个中国版的《小红帽》一样的温馨童话，把"江南时光"镂刻成每一个人的心窗：一个扎小辫子的女孩，走在通往外婆家的小路上，路上没有大灰狼，她挎个小竹篮，一路摘着小红帽……尽头是外婆居住的朴素的村庄。

村庄里还有草莓的脸，长满粉刺的美丽的脸。

西红柿

孩子六七岁那年，从外婆家握回两棵苗来，满怀期盼地望着我——爸爸是有本事种出西红柿的人。

收拾了一个大小合适的花盆，栽下，向南的角落光照充足。很快，我就取来三根枯竹竿，扦好。藤蔓乖乖地攀缘而上，花开了，十几二十朵吧。

以前会有蜜蜂偶尔闯入屋里，想它们时就不见了踪影，我总不能跑乡野捉几只回来，捉回来的也未必听我的话，去好好授粉。虽说风也会涌入，到了屋内就乱了方向，似乎不太放心它的作用。

无奈，我只能耐心地用食指摸遍所有的花，因为我不清楚哪朵雄花哪朵雌花，尽可能地使得每一朵花能够相互"交叉感染"到。我这个举动，孩子看得很好奇。

果子真结了四个，长满茸毛，慢慢鼓起来，逐渐透红，并不是我喜欢的西红柿的样子，长得像马奶子葡萄。孩子也没有去摘了吃，他咬着我喜欢的西红柿的样子，汁水溢满嘴巴，一直盯到那四颗西红柿一个个干枯。

我有过一个梦想，并把它写在一首诗里，那首诗的名字就叫《一》："我喜欢西红柿和草莓/如果能把一颗草莓/种在西红柿里/我就合并了爱。"

二十世纪八十年代的番茄真是好吃，好久没有吃到那种味道了；二十世纪九十年代的西红柿也好吃，和二十世纪八十年代的番茄一个味道。

小时候我从不喊番茄西红柿，长大了正好反了过来。姓番也好，姓西也好，早已表明了它的出生地并非吾土正宗。据说老家是在秘鲁和墨西哥，原本安安静静享受生命轮回的一种野生浆果，哪个第一个尝试了，也就类似于第一个吃螃蟹的勇士。然而，我倒未必觉得要拿勇士来过誉，如此出落可爱的红色浆果让我碰上我也会摘上一颗。

老实说，水果中我最喜欢紫葡萄，其次草莓，再其次就是西红柿了。番茄的身份有些暧昧，说是全世界栽培最为普遍的果菜之一。菜场不说了，那身份太明确。超市里也总看到它摆在各类蔬菜的位置，水果类中是找不到的。我却觉得它是应该放在水果中的，原因很简单，它更具有水果的本质。可能有人觉得我偏执，我想说，如果把西红柿当蔬菜的话，无非两道，一道是西红柿炒鸡蛋，另一道就是西红柿蛋汤，找来找去也就只有鸡蛋愿意作配料，或者说愿意作鸡蛋的辅料，这未免有点乏味，还不如作水果纯粹。

番茄是明代时传入中国的，很长时间作为观赏性植物。成书于一六二一年的《群芳谱》载："番柿，一名六月柿，茎如蒿，高四五尺，叶如艾，花似榴，一枝结五实或三四实，一数二三十实。缚作架，最堪观。来自西番，故名。"直到清代末年，人们才开始食用番茄。之前把它当作有毒的果子，称之为"狼桃"，只用来观赏，无人敢食。

国外也直到十八世纪，才有人冒险吃了番茄，从此知道了它的食用价值。据说，有一位法国画家看到番茄如此诱人，便萌生了尝尝它到底是什么滋味的念头，可是他却没有胆量食用，但是为了后人，于是他就壮着胆子，冒着中毒致死的危险，吃下了一个，并穿好衣躺在床上等待"死神"的降临，然而过了老半天也未感到身体有什么不适，便索性接着再吃，只觉得有一种酸甜的味道，身体依旧安然无恙。

前些日子看到一则新闻，据英国《每日电讯报》报道，英国皇家植物园的植物学家经过多年的研究发现，包括西红柿和土豆在内的多种蔬菜其实都是"食肉"植物，它们捕食昆虫的技巧堪与捕蝇草比肩。起先我只是当作新闻搞搞噱头，换句话说植物通过土壤的吸收，总归可算作食肉的，肉体会化作溪流的。仔细读了，一是感叹国外某类专家的认真和诚实，二是感叹这自然界真是神奇不过。

我喜欢吃西红柿。它的品种极多，按果的形状可分为圆形的、扁圆形的、长圆形的、尖圆形的；按果皮的颜色分，有大红的、粉红的、橙红的和黄色的。我最爱的是红色番茄，果色火红，一般呈微扁圆球形，脐小，肉厚，味道沙甜，汁多爽口。它多像我童年时的小拳头啊。

枇　杷

以前我老爱吃枇杷的，慢慢就不太喜欢了。总觉得水果和我一起成长的经历是个反比：个头一年比一年大，味道却一年不如一年纯正。

立冬已有半月，枇杷又满树繁花了。夏天的时候，我分明看见人们已经摘打过那些枇杷，这真是个怪事。翻点资料看看吧，其实也不怪，也就那点纬度、气温、光照交集了一下的事。

我画过一幅写意枇杷，很不好，呆头呆脑的，不像我的性格。画完一看好像多画了一颗，就显得挤了点，像是领养的孩子，总没有亲生的看起来顺眼。怎么要多画那一颗呢？哎，颜色这东西，怕是褪不去了，也吃不了。这就是宣纸与墨的感情，不能使用橡皮擦，比婚姻要牢固。

于是在空白处题句：东园载酒西园醉，摘尽枇杷一树金。这句子漂亮，蛮像我的个性，不过是宋人戴复古的。那么好的意境，硬

枇杷

是被我如此丑的字给弄得没了情趣。于是把笔一扔，看来我不是画枇杷、写枇杷的人，仅是一个吃枇杷的货。

要说吃，我又想起毛桃。一身青袍略带点红，咬一口，脆脆的，酸里一丝甜味。我喜欢这口感，特别是小时候邻家树上摘的，味道则更好。现在牙齿浮动了，想喜欢也喜欢不得，只能退而求其次，选那种软绵绵的水蜜桃，剥了皮，一口下去全是甜甜的汁水，没有那一丝酸，人也就丢了点东西。这感觉颇像我爱吃咸菜小鱼冻，仿佛是关于咸菜和小鱼一个琥珀般的约会。而今，咸菜天天有，小鱼天天有，冰箱老不坏，也就没了等候冬天的心情。

我类举两个味觉，实在还是想说，特别念叨小时候的枇杷。庞余亮写刚刚出锅的沙沟鱼圆，在青花瓷盆中颤动不已，如枇杷一样新鲜。真是妙，从鱼圆想到枇杷，我没见第二个人写过，我可不可以把枇杷反过来形容呢？枇杷的颜色是很好看的黄，也是黄杪木做的琵琶的黄。我站在脐眼处，放眼黄枇杷的汁肉、放耳黄琵琶的曲调。你看着它，还能品品秦淮河畔的云烟，现在抓手上的枇杷，索然无味，就像轻浮的女子，只有丰腴，皮一剥，就剩白晃晃的胸脯了。

那年初夏，戴复古游张园："乳鸭池塘水浅深，熟梅天气半晴阴。东园载酒西园醉，摘尽枇杷一树金。"南宋石门酒库监酒官张子修的东园和迪功郎张汝昌的西园，合称张园。古时私家园林选植物多有美好的愿景，王献臣的拙政园什么的都种了枇杷，寓意殷实富足和子嗣昌盛。于是我权作自己即戴复古，那张园是自家的，可以吟一句"东园载酒西园醉，摘尽枇杷一树金"的日常生活。

喝一杯老酒，吃一颗枇杷，是下酒还是醒酒，我也不知道。你再看我，我就指着那揉成了一团的宣纸，说一句醉话："看看，有没有品摩诘之诗，诗中有画；味摩诘之画，画中有诗?"醉了的人大抵不知道别人的笑话，既然不知道，笑话了又怎样？醒来看看一地枇杷核，骨碌骨碌的，像婴孩的眼睛，就再种一双罢了。东园种一棵，西园种一棵。

我这个人，老想完美，最好是画枇杷一幅（还是呆头呆脑，无《枇杷山鸟图》传神），作枇杷诗两句（拟"画眉啄蚱蜢，绣眼啐枇杷"，觉得尚可），有一颗小楷的心（却吐出了章草的气），治印一方（残了上好田黄）。即便如此，我还是制不出湖笔、徽墨、宣纸、端砚，能完美吗？看来我是读诗半斤，习画三两，书与印加起来不过半钱，重不到哪去了。

石　榴

　　每见石榴，感觉遇上了一位镇守边关、骁勇善战的将军。一颗石榴就如一座城，熟透了就有了道城门，不妨贴上这样的对子：千房同膜，千子如一。外交家张骞西行归来，带回不少美好的植物，石榴就是其一。若中原无石榴，王维那首五排《田家》里不知取何物才能有如此妙趣了。我拈来其中四句：雀乳青苔井，鸡鸣白板扉。夕雨红榴拆，新秋绿芋肥。声音，色彩，形状，乡间草木的事情，一茬接着一茬。

　　我很多年前就写过石榴。那时候写石榴是因为母亲的一句话：穿上鞋你就在路上了。为什么因为这句话我会写到石榴，我已经想不起来。就像此刻，我想作篇新文章却仿佛在改一篇旧稿子，还试图把这些年早已变掉了的东西拉亲近一点变成没有变掉的东西，心情有点五味杂陈。我还想起了一位老朋友文章里的一句话："我用十年的时间把自己失去，再用十年时间把自己找回。"

石榴

这话讲得有点玄妙。十多年前我以为我读懂了话里的意思，原来一直没有明白，等我现在想如此感叹的时候，我觉得还可以把时间拉长些，"我用二十年的时间把自己失去，再用二十年时间把自己找回"。我不清楚那位老朋友的十年里发生了什么变故，我只想弄清楚我这二十年里发生了什么，却怎么也说不清楚，就再写写石榴吧。石榴咧嘴笑的时候，它也在说话，在讲我的故事。

初秋的一天，我带孩子去竺山湖边的一个村庄。张简之一眼就看见了漂亮的鼓鼓的石榴。我读得到他眼神中的喜爱，他蠢蠢欲动的小手不停地伸向一棵另一个孩子家的石榴树。张简之吵闹着让我给他摘一颗石榴，我说那是别人家的石榴树。拗不过他，我只能问问石榴树的主人，朴素好客的乡下人说，随便摘吧，这孩子好可爱。孩子的可爱赢得了一颗长辈疼爱的大石榴。主人家的孙儿尚在哺乳期，还不会说话，我觉得那个孩子如果已经会讲话的话，他会委屈地说一句"这是我家的石榴"，我觉得会这么说，我小的时候看见村里的孩子打我家的枣树时就哭着争辩过"这是我家的枣树"。

想到这些我很难过，我可以给予孩子很多，我问自己，能不能做一位孩子可以自豪地说一句"这是我家的石榴"的父亲呢？我做不到，我和孩子生活的地方有各种各样美丽的树，却没有一棵树可以加一个定语"我家的"。一棵树与一个第一人称主语间的关系，是有血缘般的感情的。每每看见那些别墅群，我并不羡慕主人住得有多宽敞、有那么偌大一个仅放了几本时尚杂志的书房，羡慕的是门口那一小块裸露的泥土，可以种上自己喜爱的草木。如果我也有那么一小块地，我会去乡下奶奶那，找几棵看着我长大和我看着长大的树，把它们接回来。时光流逝，我被梭罗所言"城市是一个几百万人一起孤独地生活的地方"深深触动，这个地方，只有这些树更像我所剩不多的亲人。

我喜爱过的许多作家，他们写故乡的那份深情使我感动过，可写着写着就把故乡写油了，仿佛青青的麦地边走来一群挥霍着五颜六色的长发的时尚少年，眼睛里已没有了父母在泥土地上的万般艰辛。我知道，我不会把故乡写成那样，因为那些草木庇护着我这份感情的纯洁。就像我也喜欢美好的女性，喜欢云锦所制的石榴裙里的小蛮腰，我不会写出万楚"眉黛夺将萱草色，红裙妒杀石榴花"那样的句子。石榴就是石榴，绿肥红瘦后又绿瘦红肥了，如此简单，一棵石榴树，就是一个小伙和一个姑娘之前青梅竹马的时光、之后厮守到老的时光。

转身再望一眼那石榴树，那小小的亮堂堂的灯笼，又想起多年前母亲的一句话，穿上鞋你就在路上了。好像母亲没有说完，我记得她后面还说了一句的，"累了，记得回家"。我扑哧一笑，泪水已滑落。累了，记得回家，什么也没有了的时候，还有一位老母亲和几颗石榴在家门口张望，等你，多好。

梨

我有过一对好看的酒窝，后来瘦了明显浅了。说是还有种梨涡，比酒窝要略小，曾经专属一个叫黎倩的宋妓，南宋名臣胡澹庵迷醉地看着她，"傍有梨颊生微涡"，很是满足。之后，梨涡基本借指美女。若男人说他有对梨涡，我会看见他跷起了兰花指。

以前，有点才华的男人写女人写得很耐心，写得真有点妙。比如白居易，以"梨花一枝春带雨"来说杨贵妃哭的样子。梨花带雨，这哭也哭得恰到好处，令人心疼的那种。实则亦未必是在言哭，简单地说，就是一个女人美的话，她干点什么都美。或者说吧，许仲琳在《封神演义》写纣王眼里的妲己，不仅是"梨花带雨"，还用了个"海棠醉日"来并列，这美就美得惊艳了，还有平稳感。以前的男人，反正写到一个美人儿，都会穷尽笔触，集动植物最美好的部位于其一身，读得我有些感叹生不逢时。

有趣的是，常见说起梨花就少不了海棠的影子。这两种蔷薇科的花都在春天开，一个梨属，一个苹果属，一个落叶乔木，一个灌木或小乔木。它们处在一起，偶尔就有了"小园梨花最盛，纷纭如雪，其下海棠一株，红艳绝伦"的景象，这是清诗人刘廷玑有年春天到淮北巡视部属时在一民家所见，他脑子里一下想起张子野晚年纳妾颇显得意的句子"一树梨花压海棠"。

李笠翁有件憾事，就是没种过一棵梨树，他把这事和杜甫没咏过海棠之憾并举，看得出他确实是颇爱梨花的。他说雪花是天上的雪，梨花是人间的雪，他觉得唐诗中"梅虽逊雪三分白，雪却输梅一段香"难决输赢，不如让梨花这种人间之雪来为天上之雪解围。其实他谈海棠时更有意思，我可以见着他一脸很有内容的笑：秋海棠比春海棠更加妩媚，春海棠像已经出嫁的美人，秋海棠像还在闺中的美人，春海棠像绰约可爱的美人，秋海棠像纤弱可怜的美人，他的态度很坦率，"处子之可怜，少妇之可爱，二者不可兼得，必将娶怜而割爱矣"。

七八岁时我种过一棵梨树。不过与李笠翁不同的是，他喜梨花甚于果实，原因是所有的梨花都好看，梨的品种不少好吃的却不多。我的初衷恰恰相反。儿时的事，哪有嘴馋之实让过闲情之心的，即便长大了也一样，看看梨花吧吃不吃梨无所谓的人想来也少。苏东坡就不是很诚实，我就不相信他宁可没有肉吃也不能居所没有竹子看，当然这个例子也未必多么恰切。我种过的那棵梨树开了几年花后终于结果了，它的个头也早高于我的盼望，果实却长不大，尝了一颗只能说勉强有点汁水，微甜，还带点涩，总之，吃嘴里较毛糙。我想吧，可能得再等等，不料第二年结果时更小了，后来干脆只开花不结果了。我弄不明白哪里出了差错，分明也看见那么多蜜蜂围着花飞来飞去，我对蜜蜂充满信任，梨树边的桃花一开，蜜蜂绕了几圈后，花瓣就会慢慢褪去，把枝头的空间都留给了那个毛茸茸的小脑袋。梨花后来再也没有果实出来，花谢了树叶间空荡荡的，气人的是，它有时还花开两季。

后来，我离开了那座种下梨树的村庄，吃到了各地的梨，鸭梨、酥梨、香梨、沙梨……后来我认识的朋友越来越多，直到有一天，一个同学送我一箱"翠冠梨"时，啃了几口我才惊讶，在我出生地的不远处居然长有这么好吃的梨。它看起来不是多漂亮，却皮薄、肉白、汁水饱满，果肉还特细腻，从果肉一直吃到核都是甜蜜蜜的。好像蜜蜂采完花粉后还回馈了一点酿好的蜜。

李笠翁怕是没吃过这么可口的梨。这么好吃的梨会开出什么样的花呢？我去了太湖平原上另一个叫焦溪的小镇。古老，斑驳，长着这片土地鲜明的南方表情，菜花的金黄和梨花的洁白相互镶嵌，编织出一幅乡间的舒缓时光。我左看右看，那梨花开得和我种过的差不多，只是它们姐妹众多，有了"园"的热闹。当初读张陶庵的《自为墓志铭》，他说自己好美婢、好美食、好花鸟、好古董……好梨园，以为他也爱吃梨，种了一园梨树，很是羡慕，那么多梨树总会结出好吃的果子吧。原来"梨园"是戏班子的一种称法，好听也挺有意思的。如果在这么一大片梨园里，梳洗春光，沏壶茶或斟杯酒，两三知己听上几曲，怕是不错。如果在梨园喝的还是珍藏的梨酒，就完美了。我没喝过梨酒，周公谨在《癸辛杂识》中写过李仲宾，李家有梨园，有一年产梨数倍于常年，售卖不尽。于是"漫用大瓮储数百枚，以缶盖而泥其口，意欲久藏"。半年后，瓮中的梨发出芬芳的酒味，于是启盖，发现梨已"化而为水，清冷可爱，湛然甘美"，读着读着就馋了。

于我，梨的花与果，可谓形式和内容。若在焦溪也有片小小的梨园，看看花，吃吃梨，喝喝梨酒，还能写得薄卷《浮生小记》一册，也算有了点清远之意。

不由想起种的那棵梨树来，我已不再为未吃到好果子介怀了，就当是那年天气发生了变故吧，而今不能生育的年轻人也多了。我有多少年没注意过它了，世事变迁，也不知还活不活在那个角落。有意回了一趟，所幸的是，它还静静地挨着我住过的老房子，比我陪得还久，不免心生几分感慨。它比我小七八岁，也三十多岁了，原来树和人一样，看上去也会有了憔悴。面对它，我突然有了妹妹般的情感。

桃 花

桃树有个生死之交，叫李树。近年读古乐府，那些寓意的美好情感像工业革命前的湖水般清透，微微起伏间涤荡着我沾满灰尘的心灵。"桃生露井上，李树生桃旁。虫来啮桃根，李树代桃僵。树木深相待，兄弟还相忘"，《鸡鸣》也是其中的一首。这些年我常在想，究竟是什么让原本亲密无间的朋友，走着走着就散了，像两味本可相互成全的草药突然没有了文火。想着想着，我就听见了桃花落地的声音。李树也去开花了。

"采嫩叶炸熟，水浸作成黄色，换水淘净。油盐调食。桃实熟软时，摘取食之。其结硬未熟时，亦可煮食。或切作片，晒干为糁，收藏备用。"六百年前，面对黄河水患，政治上失意的朱橚一心钻研学术，写就《救荒本草》。既为"学术"，大抵是没有多少情趣的，所以记录桃的文字近乎"救饥"的实用性。

翻周瘦鹃的《花影》，突然特别想念桃花。记得有年我想写桃

桃花

桃花

花的时候，竟然有点焦灼之感。这焦灼是因为我在等桃花开放，等来等去，江南到了惊蛰日居然下起雪来，说大不大，说小也不小了，此两花相争，必有一伤。这么一折腾，我竟担忧起逐渐鼓胀的花苞又要缩了回去（二〇一〇年三月八日午夜，窗外飘起雪花，我在屋内温一壶花雕，合计着火候）。几日后，终于趁着风和日丽，我第一次专门去看桃花了，看得那么专注，生怕瞧错了模样，我极其厌恶那种观赏型桃花的媚俗。

桃花运是一种好运，譬如未婚青年崔护。遇到了绛娘，素妆布衣，粉白透红的脸就和桃花一个颜色，加之诗笺上一首"素艳明寒雪，清香任晓风。可怜浑似我，零落此山中"，在崔护面前更是楚楚动人。有情人终成眷属，这桃花运是美的。另一种桃花运不妨说是桃花劫，多半是已婚男子多情惹出的事端。一江湖术士，戴一墨镜，瞎与不瞎很是难辨，他一手捋山羊胡，一手掐指，脑袋晃上一晃，对愁眉苦脸的男子说"你命犯桃花"，然后叹息一声。于是乎，我等年龄若在风月之地得有所忌讳，再美的姑娘"小桃红"，她一颦一笑粉若桃花，你也只能稍有遐想，不能纠缠。

桃花的美，美得古意悠长，美得像一位姑姑。一部《诗经》里用"桃之夭夭，灼灼其华"两句八字，将桃花之媚、之性锁定在千年来汉字组合再也无法逾越的春秋时期，于冬日涌动起无与伦比的暖意。即便唐伯虎在《桃花庵歌》中用极力虚拟起一个桃花眩晕的世界，也仅仅给我一点痞气的感觉。那是空心的桃花，有点虚。其实我也有点痞气，我有个朋友写了一本好看的书《桃花也许知道》，我就说："桃花也许什么也不知道……"

还是多愁善感的崔护，他说"去年今日此门中，人面桃花相映红。人面不知何处去，桃花依旧笑春风。"这诗写得比唐伯虎好，因为他有牵挂，牵挂是很真诚、很朴素的品质，这感情有源头些。但我更想起二十世纪八十年代香港拍的一部武侠片《射雕英雄传》，这片子多年来我依旧痴迷。记得里面有首歌，粤语唱起来很好听，歌词写得也很简单，"桃花开，开得春风也笑"，似乎与崔护的"桃花依旧笑春风"异曲同工，仔细读却完全不是一回事。尽管同样是桃花与春风的故事，歌词显然更高明些。诗里的笑是桃花在笑，桃花开的样子本来就是一种笑，其他花也一样，春风就干瘪瘪的了，像个不解风情的蠢小子。歌词就不一样了，桃花开的时候，春风在笑了。这多好，一妙龄女子和一懵懂少年美丽地相遇了。这歌词里的笑，让人忘怀不了黄日华饰演的郭靖的憨厚的笑和翁美玲饰演的黄蓉的俏皮的笑，那笑很美，美得无可替代，那笑才配桃花。就像"寒塘渡鹤影，冷月葬花魂"的林黛玉，陈小旭的忧郁也无可替代，才配桃花。斯人已逝，音容却如年年开放的桃花般让人念念不忘，添得多少人的怀旧那么美轮美奂啊。

《文心雕龙·物色》说："故'灼灼'状桃花之鲜，'依依'尽

150

杨柳之貌，'杲杲'为日出之容，'漉漉'拟雨雪之状，'喈喈'逐黄鸟之声，'喓喓'学草虫之韵。"世间万物与之对应的声音、样貌的形容词几乎融合为一体。在桃花司空见惯的江南春天，我似乎不适合提及与桃花相关的任何文字，若要感受桃花的娴静而不是妖娆，你得亲身来江南，江南才配桃花，配得是那么熨帖。当然我说的桃花，是那种开在古诗词里的老桃花，是青砖黛瓦边的那一抹淡淡的粉。有点纪念日的感觉，我写桃花实则写了一片烂漫中的两朵：一朵翁美玲，一朵陈小旭。

枣　树

　　"束"的体形一入眼底我仿佛看见了尖锐，我想起另一个直接给过我触觉印象的字：棘。"枣"是从束的会意字，互生的卵形叶，托叶成刺，长刺直伸，短刺钩曲。枣树多刺似乎容不得你多亲近。而且枣树上住满色彩斑斓、鲜亮如绸缎的毛毛虫，我们那叫"红巾刺毛"，有的也叫"黄巾刺毛"。小时候叫惯了丝毫不觉异样，现在想想那名字真是毫无来由。但是那毛毛虫长得蛮恶心的，乍一见浑身就会长鸡皮疙瘩，被它蜇了，皮肤上也真会有个鼓囊囊的疙瘩包，又红又肿又痛又痒。

　　枣树长得并不好看，黑黝黝的粗糙皮肤，我见过的枣树好像都长那个样。可它结枣子，饱满的椭圆形，看在眼里特别舒服。我这个人看见果实手就痒痒的，蠢蠢欲动，有种迫切进入果实体内的欲望。我见过的枣子种类也不多，《尔雅·释木》里提到过十一种枣："枣：壶枣、边要枣。櫅，白枣。樲，酸枣。杨彻，齐枣。遵，羊

152

枣。洗，大枣。煮，填枣。蹶泄，苦枣。皙，无实枣。还味，楗枣。"要让我确定见过哪种我很是迷糊。史小溪叔叔每次来南方都会给我捎上一种延安特产"狗头枣"，那枣子个头特别大，色泽红润，肉厚核小，我妈倒挺爱吃的。我还吃过一种比"狗头枣"个头还大的枣子，叫青枣，长得有点过分，都和青苹果差不多大了。

我不大吃真空包装的半干红枣，我喜欢刚从树上摘下来的枣，晨露洗净，集天地精气，又甜又脆。比如上次在太湖的三山岛上，一棵棵枣树遍布农舍的屋前屋后，红黄相间的果实缀满虬干劲枝，沉甸甸的，透着光亮，我会一下子兴奋起来，时不时地摘颗塞进嘴里。三山岛因空旷的湖面与繁世相隔，布局相对有了世外桃源的韵味，但我更大的念头是这地方多年前更适合某个匪人来占山为王，抢个贤良淑惠的女子当压寨夫人。从岛上产的"马眼枣"的相传故事看，似乎与我后者的念头有些相近，说是宋代曾有近万名囚徒从北方出发押解到三山岛挖凿太湖石（囚徒与匪徒感觉有一部分相关联的性质或气质），他们随身携带枣子沿途充饥，到三山岛后枣核满山乱丢，便自然发芽生长，并逐渐在岛上"生根"。"马眼枣"与一般的白蒲枣相比，果粒大，水分多，所以看见那些自然脱落的大枣子随地可见，有点心疼。

我老家门前从前也有一棵枣树的，我爸说在我出生之前就栽下了。等我有记忆的时候，那棵枣树显得老了。佝偻的身子，它的叶子不多，缀满浅黄绿色的五角形小花，有点像我长大后送给恋人时衬托玫瑰的满天星。老枣树结的枣子不大，倒蛮多的。村子里比我大的孩子总是拿着竹竿来打枣，然后胡乱地拾上一把飞似的逃走了。奶奶从来不骂他们，总是把捡落的拾起来，洗干净给我吃。那时候，我不怎么懂事，会和奶奶吵，哭嚷着叫："这是我家的枣树……"

其实，村子里有两棵枣树，一棵结大枣的种在一户名声不大好的人家门口。那些孩子偷枣时会被骂得非常难听，回家还要挨打。所以，我家那棵就饱受一群馋嘴孩子的摧残，每次他们偷偷打枣后，我就心疼地看着那些折断的树枝，满地的叶子，老枣树显得可怜巴巴的。

我小的时候就生活得很好，家里还算富裕。我的表哥表姐特别多，没事老往我家跑。我妈这个做大姑的总是尽量把好东西招待那群侄儿侄女。我姨住在我家隔壁，她嫁给了我叔，但表哥表姐从不去她家，那时候我没想过什么，只是看见他们大口吃我家的东西会不开心，现在终于明白表哥表姐为什么对大姑比小姑好的原因了。有些东西记住了，一辈子也不会忘记的。他们那时经常来，就不会错过枣树结枣的时节，他们也像村里的孩子一样，枣树可遭殃了，还连累了周围的菜地。我当时非常恨他们。

那棵枣树在我家还没搬家前就锯掉了，我不知道那枯瘦的枝干做成了什么，或者不够一把小椅子的木料，或者只是取了最粗壮的一截刨成奶奶手里一根结实的棒槌。我问爷爷为什么要把它锯掉呢？爷爷说栽些有用的树吧，他又指着桌上一碗母鸡汤说，不下蛋的老母鸡我们就把它吃了。我没听懂。即便我读懂王安石那首"在实为美果，论材又良木"的《赋枣》我依然没明白爷爷的话。后来连枣树的树桩也不见了。我偶尔回老家，总去看看那个大概的位置，当然已找不着任何的痕迹，我还在想当年爷爷为什么要把它锯掉。直到爷爷去世，我才想起人都常常遇到没有选择的时候，那么平常的一棵树又能怎样？何况它根本不懂语言，无法解释什么。《韩非子》有过秦国饥荒时用枣栗救民之事的记载，民间一直视枣为"铁杆庄稼""木本粮食"之一。且不说这枣树为"良木"的要用，也不说南方已摆脱温饱之困，这长有五果之一的枣树为何与"不下蛋的母鸡"相提并论呢？想起还要有这一问时，爷爷早离世多年。

我老是想如果有可能我会到老家门前再栽下一棵枣树，那样我的孩子就也有机会在某天写写枣树的故事，她说："我老家门前从前也有一棵枣树的，我爸说在我出生之前就栽下了……"

木　槿

庄子挺会开玩笑的，"北冥有鱼，其名为鲲。鲲之大，不知其几千里也"，鲲其实只是一种小鱼。《齐民要术》里记载"木董"时引："庄子曰：'上古有大椿者，以八千岁为春，八千岁为秋。'司马彪曰：'木董也，以万六千岁为一年。一名蕣椿。'"我一看这体形就觉得此木董不是木槿，不只是"槿"字少了个木字偏旁的事。庄子说的椿，在文化意象中有高龄的意思，应该是"椿萱并茂"里的香椿。司马彪的《庄子注》原著早已逸散，到北魏贾思勰编写《齐民要术》时可能已被篡改，所以，庄子并没有说椿是木槿，司马彪未必说过庄子的椿是木槿，贾思勰谈不上冤枉司马彪说庄子的椿是木槿。三个人都没有错，木槿在他们的文本之外不紧不慢地活着。

木槿是灌木，没有乔木高大，像温婉的少女。于一个雨日写木槿，看秋雨打湿了一张张"松花小笺"，竟被洗出几分泪意，我就

木槿

想起薛涛来。说起来有点好笑，没有她的照片，没有她的画像，这想也不知道是如何个想法。兴许是读过些她的诗，有个大致的心仪女子的模样，穿就穿这身木槿一般的衣裳了。

浣花溪我没去过，大概挺美的，不过再美也美不过唐朝了。唐朝的事物大多比现在美，比如唐诗里的山水，山水边清秀的木槿身上，就一定不会缠上一只脏兮兮的破塑料袋。元和四年（809年）春天的那场"姐弟恋"后，薛涛就在浣花溪边用木芙蓉的皮、芙蓉花的汁、浣花溪的水制作薄薄的淡红色心思，给薄情郎元微之写诗：双栖绿池上，朝暮共还飞。她写诗的时候，可能窗外还有杜甫的那两只可爱的黄鹂正在翠柳上鸣叫，许多只白鹭伸了伸懒腰飞向蔚蓝的天空。

有些从未谋面的女子，为何我总觉得是那么的好呢？"扫眉才子知多少，管领春风总不如"，王建眼里的是薛涛；"扫眉才子笔玲珑，蓑笠寻诗白雪中"，王鸿说的是李清照。感觉前者妖娆，后者清丽，我怕是也说不出哪个更好来，此等才女一辈子遇上其一已经很不容易，哪还舍得让她们写出辛酸的诗词呢？袁枚是有点得意，收了那么多女弟子，"扫眉才子少，吾得二贤难。鹭岭孙云凤，虞山席佩兰"，听起来老觉得他在显摆了。

说起木槿花时，女孩们的记忆就鲜活起来了，她们说小时候采了它的叶子，揉碎后用来洗发的。大概女孩子总是比男孩子珍爱自己的头发，像我，就没有这种洗发的经历。在很久很久以前，尚无"化学"这个词语出现时，女孩子们就从一株植物那里找到了洁净的精神，日子美好，长发飘过处空气里有草木的香味。后来，有个门捷列夫的俄国人，琢磨出一张元素周期律，我们背啊背啊，眼前的事物变得无趣了。比方说，听到那叶子揉碎可以洗头发，三乙醇胺、甲醛、聚氧乙烯……的复杂分子结构就浮现了起来。就像读完蕾切尔·卡逊《寂静的春天》，我总是想念那么一棵被虫子们咬噬过的青菜。

我以为，木槿的一个别称独属于我出生的村庄，当还有许多人一齐喊出那个名字时，原来我并不孤单，原来它是那么深深地粘着我们的童年。摘下花朵，剥开花蕊，用指甲掐下那个卵形的嫩黄蒴果，粘在鼻尖上，所以我们曾喊它：高鼻头花。

薛涛的木芙蓉树其实不是木槿，只是和木槿同科同属，长得颇像。木槿叶子小，木芙蓉叶子大，掌形。我们那的木槿一般为短苞木槿，淡紫色钟形花萼，有五个裂片。木槿的花瓣比较润洁，木芙蓉的则比较毛糙。我们那的木槿就在后院篱笆边开着，低调却也从容。

木槿，诗词里的残，"酒阑舞罢丝管绝，木槿花西见残月"（刘言史《王中丞宅夜观舞胡腾》），"风雨禅思外，应残木槿花"（薛能《寄题巨源禅师》），"憔悴牵牛病雨些，凋零木槿怯风斜"

（杨万里《秋花》），读起来木槿的身世不是很好。它还有个名字，叫朝开暮落花，令人想起暮年的薛涛，着一袭道袍立于风中。庄子说"上古有椿者"之前有那么两句感叹"朝菌不知晦朔，蟪蛄不知春秋"，其实每一种生命都有完成自己的方式，你怎么知道知了就不快乐呢？

近来收到一书《诗歌的纽带：中俄诗选》，中国抒情诗部分收录了《诗经》、孟浩然、李白、杜甫、薛涛……令我汗颜的是我的名字能有幸挨着他们。书中选了薛涛的三首诗《月》《鸳鸯草》《酬辛员外折花见遗》，还有俄文翻译。我不懂俄语，试想一位俄罗斯人来朗读薛涛的诗，那真是别有一番趣味，我就把薛涛当作俄罗斯版的女诗人吉皮乌斯吧。感谢编者上海外国语大学的郑体武教授，给我留下一份美好的纪念，让我与薛涛在同一本书里相拥而卧，盖一条被子，一睡千年。

木槿这个名字真是好听。不去说梅花好看还是木槿好看，如果我的妻子叫孙木槿，总比叫孙梅花好听吧。

梧　桐

一叶知秋。这叶许是梧桐叶最为合适。和秋天的第一枚落叶相遇，也要点缘分的美妙，它像掉了的一片嘴唇，不能说话了，也不必要说话了。有时候，我觉得我能认识一棵树上的每一片叶子，然而我们曾静静地等待过其中的一枚在脱离母体的那一个刹那吗？我们有时间，再也没有了耐心，那一个完美的如琴弦拨断的瞬间，一切可以凝固了，我可以和一片落叶同为琥珀……我时常会想起康·巴乌斯托夫斯基的《黄光》，那个以打鱼和编筐为生的名叫普罗霍尔的老人讲的一个关于秋天的故事，我看见普罗尔瓦河边一个为落叶忧心忡忡的俄罗斯老人的脸庞，于是也试着去感受把每一个秋天当作一生中第一个也是最后一个秋天。

因为落叶，在我所有去过的城市中，藏得最深的是南京，除了故乡常州，从来没有一座城市值得我留恋。我时常想念云南路烧烤店里金灿灿、油汪汪的"响鱼"，除此之外就是那些慈祥的梧桐。

每次回南京少不了的一是吃响鱼，二是看梧桐，你看，我下意识里都用"回"这个字了。我觉得，只有在南京，梧桐才最像梧桐，它长着南京独有的肤色。

晏殊是个喜欢在梧桐树下想心思、发感慨的人，"酒阑人散忡忡，闲阶独倚梧桐"，"斜日更穿帘幕，微凉渐入梧桐"。他的梧桐是中国梧桐，应该就是青桐吧，树干可以做琴，这种树还被倪云林的"洁癖"洗死过。《庄子·秋水》里说的那种叫鹓鶵的鸟，从南海往北海飞，非梧桐树不栖息，这鸟的审美也该是青桐。我说的梧桐有一个好听的名字：悬铃木。更确切地说，是三球悬铃木——法国梧桐。一球悬铃木是美国梧桐、二球悬铃木是英国梧桐。悬满铃铛的树，这是哪个诗人给取的名呢。我的读书岁月里，不知在汉口路两旁小酒馆门前的梧桐树下醉过多少次。有一次，几个人喝醉了，其中一个三两下爬上了梧桐树，硬是不肯下来。

两三年前的样子吧，听说南京要砍掉许多梧桐树，汉口路上的也不例外。想想去南大的路上少了梧桐树，怪别扭的。我问朋友为什么呢，所给的答案完全不是回答为什么的理由。我听了蛮心疼的，后来还隔三岔五地问问那些梧桐树有没有砍掉。所幸，一棵树长得久了、模样看亲切了，人是会有感情的，梧桐树砍与不砍居然成为这座古老城市的一个事件，谢谢那些为梧桐说话的好人们。

我所在的城市，梧桐也挺好看的。回想三十多年前，和平路上的梧桐是我对这座城市的最初记忆。记得第一次进城，见到的就是这站得整整齐齐的梧桐。那时候的和平路远没有现在这么宽敞，却看不出丝毫的拥挤，其间穿梭着二十四寸的金狮牌自行车，穿白色的确良衬衣的姑娘和小伙，一律的青春焕发。那年我五六岁光景，我对彼时的城市没什么具体印象了，色调陈旧，远没有现时苏南任何一座小镇光鲜，可老孟所说"梧桐相待老"的感情多深啊，那时的旧又是值得一座城用来怀念的了。

我之所以记得一条叫作和平的路，是因为在这条路一个忘记了名字的小饭馆的四方桌上，我和爸爸还有另外两个陌生人坐到了一起。当我把筷子伸向一盘菜时，那个陌生人看了我一眼，我把手停了下来看着爸爸，爸爸说那是别人点的菜。我记得那个眼神，记得那盘菜是一份清汁百叶。一晃三十年了，和平路两旁的房子都不断长高了，变亮了，只有那些梧桐依然静静地站在那里，看不出一丝因生活安然换来的臃肿。也许会有一棵梧桐，曾看见过一个好奇的少年当年初进城时羞涩的表情。

这座城市的路胖了许多，两旁的植物也渐渐丰富了。那些木本、草本、藤本，依偎在一起，长着亲人般的面孔，它们看起来都有美好的心思。我一直固执地认为，一座城市的行道树，只能是梧桐。而今香樟似乎越来越受青睐，但缺少色彩交替的季节的层次感，也就没有了"梧桐真不甘衰谢，数叶迎风尚有声"的美妙。密密麻麻的"铁甲虫"载着的那些追赶时间的人，丢失的则是生命里更多的时间，这大概就是浮士德式的交易。我的日常生活圈，一般也就在三公里之内，我喜欢散步，慢就慢点吧，慢有慢的收获。比如，当我看见一只白鹭从这条路东侧的湖面一跃而过，在西侧的湖面上盘旋、停歇下来，我被这条白色的弧线深深地感动了，我仿佛正在读顾城的诗句"空气中的光明/使我们的手对称"。

"有一种树，看到了，就想起了一座城。树是梧桐树，城是南京城"，读到过这样一句话就记住了，不知是谁说的、谁写的，却像是此刻我在说的、在写的。

梅　花

　　不知是杨升庵（1488 年~1559 年）当年读书版本的印刷问题，还是我手头这本上海古籍出版社出版的《词品》问题，卷二："辛稼轩词'泛菊杯深，吹梅角暖'，盖用易安'染柳烟轻，吹梅笛怨'也。然稼轩改数字更工，不妨袭用。不然，岂盗狐白裘手邪？"弄得我很是纠结。一则，李清照（约 1084 年~1155 年）的《永遇乐·落日熔金》原句"染柳烟浓"他引为了"染柳烟轻"，这一浓一轻可有大变化，时年李清照正南渡流落他乡；二则，"泛菊杯深，吹梅角暖"句，我查找不到出于辛稼轩（1140 年~1207 年）的哪首词。宋人刘过（1154 年~1206 年）倒有首《柳梢青·送卢梅坡》："泛菊杯深，吹梅角远，同在京城。"唯有相同的是"吹梅"这个关键词，看来南宋那个时候，离别伤感都会想起《梅花落》。

　　以前有个叫龚自珍的大夫，专给梅看病，他的诊所叫"病梅馆"。他买了三百多盆梅，都是病的，他心疼它们为之流了三天泪后有了治愈它们的方子：纵之顺之，毁其盆，悉埋于地，解其棕缚。几句药方听起来就让人松了口气。当然，他的病人并非真是梅，他晓得自己也只不过是一株生了病的梅，读他的《己亥杂诗》，有"我劝天公重抖擞，不拘一格降人才"句，此乃治疗病根的良药。

再以前，还有个人在西湖孤山隐居，不仕不娶，种梅养鹤，我实在难以想象这林和靖可以清心寡欲到此种地步。可他的墓葬除了有端砚还有玉簪的，可他也有"君泪盈，妾泪盈"的《长相思》的。林和靖对后人来说有一个好的生活态度，至于"梅妻鹤子"之说略微夸张了些。有阵子我还真想去看看和靖居士亲手种植的那株梅花，是否隐约可见美好妇人的模样。

龚大夫在云阳书院种的梅尚在，一百六十多岁了，林居士的梅在孤山何处呢？若在的话该逾千岁了。在大丰的西郊梅园，有五百岁的梅王梅后，相传为梅仙子江梅化身，它俩在一起生活了数百年。挖来两棵树摆一块，说了点含糊的故事，怕只怕错点了鸳鸯。还有一棵宋梅，说是八百多岁了。铭牌上说是南宋祥兴元年丞相陆秀夫南徙，此梅引自淮地，现回归故土。也就是说，这是棵见证过陆相与宫词女官间旷世爱情的梅树。

如此给一棵树的前世今生找线索，现代人真是蛮不讲理，也显得生硬粗糙。一个人颠沛流离后，怕是许多往事也说不清了，何况一棵树呢？有些人总喜欢一厢情愿地去找些老树，移植于自家庭院，仿佛可以占有一棵树的所有时光。一棵梅树八百年间不知漂泊了多少次，又或者说这棵宋梅又怎能确切为八百年的光阴，它就不可能是一千岁吗？一个估算就被抹掉了二百多年的时光，而这被抹去的二百年曾有多少名人雅士注视过它、有多少旅人路过它？说不定，这一棵宋梅也曾被林和靖疼爱过呢。

中国有六大古梅：楚梅、晋梅、隋梅、唐梅、宋梅、元梅，这份榜单让我对时间充满敬意。这些古梅皆植于寺庙，多为和尚所植，梅花好像有点和尚文化的味道。郁达夫算是见多识广了，他看见过"大明寺前的所谓宋梅"，看见过"天台山国清寺的伽蓝殿前的一株所谓隋梅"，还看见过"临平山下安隐寺里一株唐梅"，他转折了下说，"所谓隋，所谓唐，所谓宋等等，我想也不过'所谓'而已"。我个人并不是很喜欢梅花，说不出来的感觉，没叶子的花看着老别扭的。太多人"喜爱"梅花，可能是想往它寓意的情操上靠靠，可能是大雪纷飞里还有花朵养心养眼，也挺好，毕竟雪花不是花。"梅须逊雪三分白，雪却输梅一段香"，卢梅坡说得也挺在理的。

有几句想交代一下，杜牧说"越嶂远分丁字水，腊梅迟见二年花"，苏轼说"天工点酥作梅花，此有蜡梅禅老家"，腊为腊月，言时节；蜡为蜜蜡，喻色状。个人觉得应以李时珍《本草纲目》对蜡梅的介绍为准："此物本非梅类，因其与梅同时，香又相近，色似蜜蜡，故得此名。"无论叫腊梅还是叫蜡梅，与梅花是有所区别的，至少在植物学上不是一个科属。

我出生的那个村庄有个好听的名字：梅村。我读书的小学叫梅村小学。我上小学的时候，背得较早（或最早?）关于花朵的诗好像就是"墙角数枝梅，凌寒独自开"了，那时还不知道诗的作者是王安石。那个叫梅村的村庄里，从小到大我一朵梅花也没见过，至于何故取这个名字我无从知晓。

我家老房子的后面倒是突然有了片梅园，那里曾经是庄稼地，种过水稻、麦子、玉米、高粱、大豆、棉花、花生、芝麻……还有整片的紫云英烂漫过。村里有个孩子长大了，有钱了，不用再种庄稼了。他填了水塘挪了点梅树过来种种，再挖了条河，以后就有人四处赶来看梅花、划船度周末了。"傲梅园"这名字取得一点也不好，就像那个长大了的孩子满脸的傲气，我能猜得到他会再多花点钱，去各处找些有年份的梅树回来，而后在每一株树的铭牌上编些"渊源流长"的故事。说不定他也能搞来棵宋梅，把填了的池塘重新挖好，挂上"疏影横斜水清浅，暗香浮动月黄昏"的句子，说这就是林和靖种过的，因为他可能也听过"梅妻鹤子"的传说。他觉得传说很美，于是还会去买两只丹顶鹤回来拴上摆一摆。

我是不太喜欢梅花，不过"墙角数枝梅"倒还有几分雅趣，王安石的句子多少令人踏实些。每一个梅园都过于密了，让人眩晕、喘不过气来，每一个梅园会让我想起龚自珍的《病梅馆记》。

石　楠

若说好看的树，一是南方的细柳，二是北方的白桦。如果树也可以结婚的话，我非常乐意做它们的媒人。石楠树并不好看，不及我提到的前者，或许得成片成片才能凑合看看。

我去光福看摩崖石刻，在石壁精舍后院，遇见一棵奇怪的树。它的树干有部分嵌入岩壁，弯弯扭扭地盘旋而上，布满青苔。仰头而望，树冠苍翠，若不是有字说明，我根本认不出是石楠树。

这是一棵会游泳的树，一棵在石头上游泳的树，一棵在石头上游了近千年的树。游着游着在石头的身体上游出一条河流的痕迹。石碑上写：此树于元朝年间出自岩石缝中，村名石楠村，犹如苍龙卧眠，亦名睡龙。

这块崭新石碑是有点可疑的，像元朝时究竟有没有这个石楠村一样可疑。新的东西老往旧的东西身上说点事。我觉着，这棵石楠树可能长在某个村子里，那个村子以前不叫这个名字，因为惊叹这么棵古老的树，就换了村名。

八百上千年前的事，谁又能说得清。也许，这棵石楠发芽的那日，这里还尚无人烟。

所以石碑是多余的，有些事说得太清楚了，挺没意思。我可以看着这么一棵树，想它树干的每一个弯有什么心事、发生过什么故事。我愿意想了很多，却不认识它就是一棵石楠树。

而我恰恰知道了，于是眼前这棵树与石头的互存关系似乎更加深了树名的渊源：石楠。它并不是一棵好看的树，它只是一棵让人记得住的树。

好看的石楠树也许有。《石楠小札》的歌词里藏了三本书名，《小团圆》《倾城之恋》和《今生今世》，显然说的是张爱玲和胡兰成的那点往事。张爱玲在《谈音乐》一文提到过："可以想象多山多雾的苏格兰，遍山坡的 heather（石楠属植物），长长地像蓬蒿，淡紫的小花浮上面像一层紫色的雾。空气清扬寒冷。那种干净，只有我们的《诗经》里有。"那种石楠是苏格兰石楠，长在约克郡荒原上，那里有《呼啸山庄》。有人写《勃朗特传》用了副标题"荒原上的石楠花"，寓意英国文学界的传奇夏洛特·勃朗特、艾米莉·勃朗特、安妮·勃朗特三姐妹常年居住在偏僻的荒原，过着斯多葛式的生活，渴望爱又得不到爱，一生孤独寂寞。

如此想来，一首写张爱玲的歌，用以《石楠小札》为名似乎通畅多了。听歌，更觉着胡兰成混蛋得很。

苏格兰石楠好看，和我说的石楠不同。一个杜鹃花科，一个蔷薇科。

我说的石楠，那里曾经有"秋浦田舍翁，采鱼水中宿。妻子张白鹇，结罝映深竹"这样的生活。一个像我一般热爱诗歌的兄弟在唐玄宗天宝年间（742年~756年）再游秋浦时一口气写了十七首诗，其中有"千千石楠树，万万女贞林。山山白鹭满，涧涧白猿吟。"

一千三百年后，我游玩了几次秋浦河，猿声是听不到了，石楠也没仔细注意。事实上李白也没说石楠有多好看，凑巧而已，千千什么树都行。他对猿倒是十分钟情，《秋浦歌十七首》中有其二"秋浦猿夜愁"、其四"猿声催白发"、其五"秋浦多白猿"，以及其十的"猿声碎客心"，而"石楠"仅仅提了一回。整个秋浦游玩下来，像是"寻祖"之旅，且玩得忧愁百倍。搞得我老是寻思那么多猿去哪了？

千千石楠树，李白一棵也没细细瞧过，在秋浦；而眼前的这棵石楠树，我怕是想忘也忘不了了，在光福。

栀　子

"栀子花，玉兰花……" 一声湿漉漉的吴侬软语从弄堂深处溢来，有雨后的清新之感，霎时掀开了老上海的初夏……那喊声的尾音里，一辆黄包车汲水而过，我看到了一个优雅女子的侧影，她飘落的手帕扑到我鼻子上，有栀子的香。窗外确有雨。江南此时正值梅雨时节。也巧，我重读《小窗幽记》至 "山水花月之际，看美人更觉多韵。非美人借韵于山花水月也，山花水月直借美人生韵耳"，于是颇赞同陈眉公重乎人学的审美。

我相信出生于一九三三年的祖母到一九五六年时也是一位有韵味的美人，那年她生下了我的父亲。我第二次写到栀子的诗叫《祖母的光阴》，"那窈窕淑女的背影/不沉鱼，不落雁/旗袍也曾裹出好身材的曲线/栀子是她发髻上的簪子/玉兰是她细腕上的手链"。我把栀子和玉兰同时献给我的祖母，也回应了一下陈眉公。祖母没裹过小脚却穿过旗袍，我老觉得栀子是要旗袍配的，或者说旗袍是要栀子配的，它们皆有玲珑的妙处。所以我结婚的时候，和爱人拍了套旗袍装，纪念一下，在穿越时空的错觉中仿佛也曾回了民国片刻。可惜结婚的时节过了栀子的花期，否则也能配上一朵。

每听到栀子，我会浑身一股酥软。栀，是我先会发音才认识的一个字。若非此，我也许把席慕蓉的"栀"子花和舒婷的双"桅"船读成一样的音了。二十来岁的时候，常写柔情似水的诗歌，我第一次写到了栀子。还记得那首《再相遇》，如今读来仍有纠结的情感，"在开满栀子花的山坡执手相望/你是否会撒娇地依在我怀里/轻轻地抽泣/再轻轻地捶着我的肩/一如从前"。那时候我喜欢读席慕蓉，我觉得我写栀子比她写得好，她的《栀子花》是"如果能在开满了栀子花的山坡上/与你相遇 如果能/深深地爱过一次再别离"，我在写重逢，她在说别离，合比散要好。何况我尚未觉得那样的一瞬有多么的重要，相爱还是粗茶淡饭厮守一生要好。

原以为写栀子很轻松，就像用它如毛笔笔头的花形写清秀的小楷。原来"栀子也多事"，实则多事的是胡写文章的人。"栀子花，玉兰花……"这一声江南的清音扰乱了多少的梦？

其一，卖花人卖的是其中清香，采摘栀子和玉兰时刚含苞欲放。这里的栀子是单瓣的黄栀子而非重瓣的其他栀子，此处的玉兰花是白兰花而非白玉兰。我曾经思量过常搞"比较文学"的李笠翁为何有时那么刻薄，他说栀子花没什么特别之处，他只是欣赏它像玉兰。玉兰怕雨，栀子却不怕雨；玉兰花一起开一齐谢，栀子却是相继开放。可惜的是栀子树非常矮小，长不出屋檐，如果能高出屋檐，就让它充当玉兰花，来弥补春天赏花的遗憾，他还反问谁能说不行吗？感觉他有点胡言乱语。栀子花和玉兰花能同时出现在叫卖声里，必定同一花期，何来要栀子充当玉兰弥补春天赏花之憾？原来我错怪李笠翁了，他说的是三月开的白玉兰。

其二，《酉阳杂俎》这本唐代笔记，说是志怪小说，也记载诸多自然现象、地产资源、草木虫鱼等。我不知段成式关于栀子的题材从何收集，"诸花少六出者，唯栀子花六出。陶真白言：栀子剪花六出，刻房七道，其花香甚，相传即西域薝卜花也"。到宋代李昉等人编撰《太平广记》时又不知如何记载栀子的，因为原版本未能完整流传。可以猜测的线索是据《酉阳杂俎》而来，现今的《太平广记》版本未改段成式的《酉阳杂俎》一字，仅在陶真白后加一注释（"白"原作"曰"，据明抄本改），那么现在看到的版本在明以后了。这个添上去的括弧有点费解，陶真是某人名的话，把"白"改为"曰"，不是与"言"又重复了？我还见许多释文为"陶真白说……"。是否真有陶真白一人不可考，我的推测为"陶真白言"分为"陶真"与"白言"两个结构。南宋笔记《西湖老人繁胜录》记"唱涯词只引子弟，听陶真尽是村人"，陶真是民间的一种说唱艺术，也许在段成式的晚唐已有雏形，白言一词可能意为说唱、山歌之类。

其三，我所读古诗词，不乏拿栀子与琼花相比，事实两花长得很像，凝脂的白，只是六瓣与八瓣之别。有意思的是，诸多诗词中栀子的指向与佛、禅有关。比如董嗣杲《栀子花》"芳林园里谁曾赏，檐卜坊中自可禅"、王义山《栀子花诗》"此花端的名薝卜，千佛林中清更洁"。兴许是"相传即西域薝卜花也"一句造成的几多误会。佛教史上之西域，系指从印度兴起佛教后，由陆路东传中国所经之地区。"薝卜含妙香，来自天竺国"，其实这个误会早有考证，薝卜是木兰科的黄兰，而不是茜草科的栀子。至于芳林园这个神秘的地方，到清陈淏之《花镜》中还提到"蜀孟昶十月宴芳林园，赏红栀子花，清香如梅，近日罕见此种"，我想那"红栀子"也不该属于栀子的一种吧，何故不留下一点痕迹？

问女士，可有栀子味的香水？答，"香奈儿，洛丽塔"。其实，早在西汉司马迁的《史记》和北魏贾思勰的《齐民要术》里，都有了栀子是作香料的一种经济植物的记载。"栀子花，玉兰花"，这一声叫卖卖的也是香。原汁原味，比玻璃瓶里的液体要纯正。好像此刻就着新鲜葡萄喝往年红酒的，大概就我一人。

"栀子花，玉兰花"，那是六瓣的黄栀子和八瓣的白兰花，它们生于南方。我老念想着栀子花幽香里"一如从前"的黏稠情感，从前多好。从前的小巷里有"栀子花，玉兰花"的绵软声音。我想以后写诗我不会再写栀子了，可还是第三次写到了她。如果不写她、忘了她，她会哭的。

苦　楝

楝花开了，枇杷熟了，杨眉庵在天平山中看见的也只是寻常物事。雨蒙蒙的，风暖暖的，好像有只小手在挠痒痒，他吟了句"细雨茸茸湿楝花，南风树树熟枇杷"，这字一叠味道就足了，仿佛那小手又淘气地去挠花与果，楝花和枇杷忍不住笑了起来。

我忍不住想把陆放翁"一钩澹澹西南月，万鼓凭凭东北风"句放在杨眉庵句前面，读起来似乎也顺畅。宋时秋冬和明时春夏挨在了一起。

《柳信》里，读到冯友兰老先生对宗璞说"没有你娘，这房子太空"，我就忍不住流泪了。不知道怎么回事，我现在还像孩子那般容易流泪，偶尔翻到自己写下的几句诗，我也会很难过：我不能忍受，用汉语写下/"母亲在世的时候……"/我的泪水会落满她打空的水井。想想，我们都会从某一天开始再也没有了妈妈，过上习惯性地说"我妈……哎"叹息一声的生活，那是一点也没有办法的事。

苦楝

妈妈六十岁了，我莫名其妙地想起一种树：苦楝，这让我感觉挺奇怪的，一棵楝树与妈妈的六十岁生日有什么关系呢？好像妈妈跟我讲过，她的脸比较黑，是因为生我那会烧饭的柴火不够用，就拉着风箱烧泥煤和楝树果果，脸是被熏黑的。可我并没觉得妈妈的脸有多黑。印象里，每每眼前浮现出楝树的样子多少开始闻到冬天的气息了，光秃秃的树枝上挂了几串枯黄的果果，几只麻雀清苦地绕来绕去，头顶上是八大山人数笔撑满了的天空。

一棵树不同的名字，似乎暗示了不同的命运，紫楝听起来远比苦楝的阶级出身要好。就像小时候秧田里那么可爱的水鸡，因为传说的缘故喊它"苦恶鸟"，对它的想象空间就变得不那么美好。又有谁想得到呢，原本被水稻田包围的村庄而今光溜溜地坐在那里，像极那个从河里爬上岸的孩子发现捉弄他的伙伴们取走了他的衣裤，他只好双手护住下身，满脸的羞涩。

看不到水鸡窈窕的影子了，也听不到它们的叫声，光阴把村庄的小"百科"一点点擦去，我为它们的去向担忧。当我忽然想起，原来楝树还有那么一抹迷人的紫、它穿了裙子的小花是那么好看时，又一种事物躲在了古诗词里，有心的人才能翻见：小雨轻风落楝花，细红如雪点平沙。

花木管时令，鸟鸣报农时。从农事的忠诚追随者布谷那里，我完全坚信谚语里的完整结构。《二十四番花信风》说的是古时五日为一候，三候为一个节气，从小寒到谷雨这八个节气里共有二十四候，江南自暮冬至初夏每候都有一种花开放，从小寒的一候梅花开始到谷雨的三候楝花结束。这样一份花单究竟有多么精确，我恐怕没时间也没机会在某年花上一百二十天来观察记录了，但对于祖先在农事、物候上面的记载智慧，我从来不敢怀疑，比方说，我一个字也不认识的奶奶说过的农谚和现实生活几乎没发生过差错，诸如"早禾秧雨初晴后，苦楝花风吹日长"这样的诗句也不是随便写写的。

我家门前的那个小池塘被填掉了一大半，也埋掉了我许多记忆，红盈盈的菱角、绿油油的水花生、黄蒙蒙的菖蒲……剩下的部分像这座村子孤独的灰眼睛。有一天，我也固执地翻寻了一遍村庄，可惜一棵楝树都找不到了，当然，合欢、榉树、构树……都找不到了，那些花色，那些果实，一下子消失了。村子里那片小小的墓园被搬走后，爷爷坟前那棵柏树也不知去了哪。幸亏这个有着好手艺的木匠，还留下了几张桌椅摆在老屋，擦去灰尘，还有楝树的静好岁月。一棵树成了不会说话的木头，一根木头却像一本沉默的书，亦可读一读，亦可说点人与一些往事。

有时候我会看着"楝"字发呆上老半天，总觉得里面那一双动人的眼睛也在看我。我年近不惑，迷惑却越来越多，眼睛也提前老花了……老花了反而想起楝树和它紫色的小花来。

乌 柏

鸦舅。鼠姑。初看这一双称呼，会琢磨下这是哪户人家的长辈亲戚啊，感觉不是什么祥物，眼前甚至大致浮出了两张龌龊的脸，一个是师爷，一个是老鸨。其实不然。晚唐有两个爱酒之人结为好友，时常和诗，合称"皮陆"，即皮日休和陆龟蒙（这俩名字也怪怪的）。皮陆二位身居苏州，唱和吴中山水，陆龟蒙有诗《偶掇野疏寄袭美有作》云："行歇每依鸦舅影，挑频时见鼠姑心。"

陆龟蒙写诗，也写过《耒耜经》，所以称他为农学家也未尝不可。至此，鸦舅与鼠姑的想象空间开阔了许多。如果我给这两物标明身份的话，大多数人还是会有点惊讶的。鸦舅是一种树，名曰乌柏；鼠姑是一种花，名曰牡丹。两个大美之物取了如此名字，也不知谁想出来的。我就说说乌柏吧，我只知道乌鸦喜食腐肉，未承想它也爱乌柏的果实，甚至形影不离，于是给了第一个以此命名的人灵感。当然，鸦舅也可以是一种鸟，就像杜鹃，既可为花名又可为鸟名。

我至此的阅读，未能绕过俩兄弟。一个在一九二四年的秋天写了两株树，一个在一九三〇年的冬天写了两株树。

哥哥说："在我的后园，可以看见墙外有两株树，一株是枣树，还有一株也是枣树。"这句式有点朴拙之妙，我挺喜欢。继续读下去就成了一个谜语，又是政治又是爱情的，因为"枣树知道小粉红花的梦"，所以你想怎么猜都无妨，实在说不清了，他就是那枣树，准没错，于是《秋夜》藏了许多意味深长的东西，有深渊。文章藏东西太深了，会显得无趣。"文以载道"与"诗言志"，原本就不可分割，但对文学本身而言，后者首先是根本。

弟弟的两棵树比哥哥的丰富了点，他说，"树木里边我所喜欢的第一个是白杨……第二种乃是乌桕"，我读了数遍，很长知识。相对白杨和乌桕，或许我更熟悉枣树，更爱它披身的果子。但他的《两株树》就是两株树，并拢时空，画面就暖暖地出来了。

一九二四年也好，一九三〇年也罢，那些年的日子很不好。放到今时这样一个夏日，如果你有一颗未雨绸缪的心，日子也很是不好。关于这俩兄弟，我对林语堂的评介不太认同，说一个极热一个极冷，捉其文字而行，我觉得恰恰相反。翻到一资料，哥哥用过一个笔名"宴之敖"，他对这笔名有过一个解释："宴"从门（家），从日，从女；"敖"从出，从放，意即"是被家里的日本女人逐出来的"，可见他取个笔名也算是费尽了心事。启明在东，长庚在西，原本亲密无间的弟兄终因家事两不相见，甚至骂詈殴打。即为家事，有道听途说者，有细细推敲者，究其内因，外人所不知的太多，哪怕平日里一个微不足道的细节，也容不得旁人过多地分解揣测。从我个人的阅读趣味来说，哥哥是我教科书里必读的，弟弟的文章却时常要拿过来品读一下。当然，有人说哥哥是有傲骨的人，弟弟则是个汉奸，不妨这样说，如此下定论的人先把自己置身于那个年代，梳理各种因由，你会扮演一个怎样的角色？何况汉奸的定义早已"无限"延伸了，你走在大街上不小心地发声牢骚，就有很多人回过头来以仇恨"汉奸"的眼神敌视你。真汉奸藏得很深，怕是我等寻常之辈尚无能力辨识出来，这也算是题外话。

《国朝典故》说：冬月取柏子，春于水碓，候柏肉皆脱，然后筛出核，煎而为蜡。其核磨碎，入甑蒸软，压取青油，可燃灯，或和蜡浇烛，或杂桐油置伞，但不可食，食则令人吐泻。其查名油饼，壅田甚肥。对乡土中国来说，这树也有了点"粉身碎骨"的可爱。我点过蜡烛，打过伞，却浑然不知它参与过我的日常。有一日我读郁达夫，"像钱塘江两岸的乌柏树，则红叶落后，还有雪白的柏子着在枝头，一点一丛，用照相机照出来，可以乱梅花之真"，遂又想起"前村乌柏熟，疑是早梅花"这样的句子，竟觉得自己真有点粗心大意。历代诗词，乌柏多出江浙乡村景象，为何我没有留意这一幕呢？我好像也见过这种树，有没有其他名字我想不起来了。有次在皖南的塔川，大伙纷纷感叹那里的秋色，一层绿，一层黄，一层红，层层叠叠，深浅交织，殊不知乌桕是其主角。我曾经生活的地方，原本也有如此景象的，只是身在风景里总觉得远方才有风景罢了。

你见过乌桕吗？你见过乌桕的，只是没能说出它的名字来。"日暮伯劳飞，风吹乌桕树"，昔日乡村的寻常黄昏状景已不复存在，嘴边冒出一句古诗来，不免怅然，这大概算是人到中年的一种迹象吧。

朴 树

朴树被陌生人粗鲁地猛摇了几下，就迷迷糊糊睡了，它隐约感觉到一些扁形的、尖形的锋利东西在它根部捣鼓，还扎断了它好几根须，它觉得疼却又喊不出声来，自从在这块地方住下来后就没有做个这样的噩梦。

等它醒过来时，发现住在了完全陌生的地方。它感到非常的虚弱，又饥又渴，好像好久没有喝到水了。它低头看看，一大片整齐的没有见过的草，也干瘪瘪的，里面没有婆婆纳的蓝眼睛，也没有剪着童花头的马兰妹妹，身旁是一个小得可怜的池塘。

朴树一百多岁了，不老也不年轻。不过它很难过，身边没有熟悉的身影。它慢慢地消瘦，慢慢地衰老，死了。

这是人工湖边一棵朴树的故事。完成这个故事的人，其中可能有我所熟识的儿时伙伴。我完全有理由骂那些苦孩子出身、已变得光鲜的开发商的乡村的逆子。

朴树

首先我讨厌人工湖。人们一边忙碌着围湖造田，一边在从前的水稻田种房子，种完房子想念湖了，再种一个小得不能称之为湖的"湖"。我不喜欢的湖还有诸如扬州的瘦西湖和杭州的胖西湖，我喜欢的湖是被围困了被迫"减肥"的太湖，风浪之间渔舟与渔民命运攸关的精神，那样的湖不是看看的，它的湖面写满了闪闪发光的恩泽。

其次我讨厌那棵朴树。我不应该对这样的长者有着不敬，但我看见它就想起乡村的时光，池塘边知了的叫，还有儿时的玩具中它的果实部分。现在它的身上绑满绳子，挂了输液袋，像个奄奄一息的病人。它的头顶架着修饰湖光的夜明灯，腰杆部位贴满了造假证、治性病、请家教、租房子之类的广告。一棵善良的树被糟蹋得分外丑陋。

朴树。我的家乡叫噼啪子树。数日前经过这座城市的中心广场时，我被这棵古树的精气神慑住了。铭牌上写着：朴树。树龄 140年。抬头一看，和老家的噼啪子树长得那么像。这棵树不知来自哪个远方，栽于此地显得突兀，我想无论前后北岸还是青果巷的原貌还在的话，它站在那里，倒能恢复它见证年月的身份。苏南的几代人都拥有过一种经典的玩具：噼啪管。当噼啪子树（这种树每年夏天都会长出一种叫噼啪子的圆形果实来，中空，与绿豆差不多大，这就是噼啪管用的子弹）结籽后，我们会从大捆大捆用来搭长豆和黄瓜架子的细竹子中找来一根竹管较圆的，截下二十厘米见长的一节，两头贯通，中空五六毫米，然后从自家筷笼偷出一根筷子削成顶针作为推棒（长度比竹管总长略短、细度可以插入竹管，竹筷比竹管略短是为了让竹管内保留一颗噼啪子）。玩时，在竹管的两头各塞一颗噼啪子，用推棒将竹管后端的噼啪子推向前端，前端的噼啪子因受竹管内空气的挤压而射出竹管，并发出清脆的"噼啪"声响，故称"噼啪管"。当然，没有噼啪子的时候，也可以用写过字的方格纸代替，撕下几页浸水后捏成团。打噼啪管时，摘取豆粒大小的纸团，塞进竹管也可以打出"噼啪"响声，当然效果没有噼啪子好。随后，小伙伴分成两组，战争开始，在尚未学习物理的活塞推动的原理之前，竹子和朴树一起用它们的某个部分参与了我们一段漂亮而难忘的童年。

秋天的一幕再次浮现眼前：大个子的喜鹊飞过金黄的玉米地，祥和的气息扑面而来。那一刻，我克制一切略有华丽色彩的词语从脑中溢出来。像多年前第一次进入北方大地一样，我依然热爱着这里的树，有一种给你安全如父亲肩膀般的高大。北方所有的沉厚、沧桑、深邃——写入树的表情，而如母亲般温暖的也依然是那些丰富而饱满的鸟巢……

屋外的喜鹊突然叫得很欢。我喜欢听喜鹊叫，它们是一种温顺祥和、给人以温暖感的好鸟。屋外的朴树上，没剩几张叶子了，喜鹊过年吃什么呢？它们大概过得比我要清苦。喜鹊一叫，便想起了清人崔岱齐句"鸟近黄昏皆绕树，人当岁暮定思乡"。那些挪走乡村朴树的人啊，你能够遗忘自己的童年吗？你真忍心烧毁了母亲最后的遗容？

桑　树

　　小时候我几乎没有一件洁净的短袖衬衫，每件上都有大大小小的灰色斑点，因为穿短袖衬衫时恰逢桑子成熟的季节。在桑林里穿来穿去免不了沾上桑子的紫色汁水，就是洗过多遍还会留下醒目的痕迹，这几乎是南方母亲普遍的牢骚。这牢骚的延续，在多年后挂在了妻子的嘴边，我好饮，喝红酒也时常滴在衬衫上，葡萄酒的色素和桑子对衬衫的渗透力度差不多，有时候想想大自然真是一个大染缸。

　　写桑树，我不得不提桑子。以前我写文章时老写"桑椹"，编辑就给我改成"桑葚"，这让我有些不解。鲁迅的百草园里有一棵桑树，在一圆门前，门两侧的联为"俯听蟋蟀鸣，仰视桑椹熟"，周作人写《园里的植物》时也是"桑椹"的写法。故我觉得，草木虽为一家，但桑树是落叶乔木，那么从木要比从草更显得有渊源些，比如庾信《对雨》一诗里的"湿杨生细椹"，比如杨梅是树木上长的草莓则是草上结的，这些都是我一直固执的理由。《诗经》里还有"食我桑黮，怀我好音"，从黑旁也蛮形象的。所以我干脆叫桑子：桑树的果子。亲切。

青桑子当然没人摘，狼牙棒般的小果实，坚硬，味淡而涩，也有迫不及待的伙伴会随手摘个塞进嘴里，嚼几下再一股脑吐出来；成熟的桑子大而黑亮，散发着诱人的色泽魅力，牙齿轻轻咬住根蒂，拇指和食指捏住根蒂一拉，汁水饱满而甘甜。我最喜欢吃那种彤红带紫的果实，甜中还带一丝酸味。还有种桑子个头特别大，饱满的粉白色，口感不错，也不会染到衣服，不知道是什么品种，可惜偶尔碰到。我们总是洗干净一只老爸的白酒瓶，摘一颗往里面塞一颗，装满了就脖子一仰往嘴巴里灌。

桑子还曾书写过一段儒家核心道义的佳话，《二十四孝》里有则"拾葚异器"：王莽之乱，又遇饥荒，柴米昂贵，蔡顺只得拾桑葚母子充饥。某天巧遇赤眉军，义军士兵厉声问道："为什么把红色的桑葚和黑色的桑葚分开装在两个篓子里？"蔡顺回答说："黑色的桑葚供老母食用，红色的桑葚留给自己吃。"赤眉军怜悯他的孝心，送给他三斗白米，一头牛，带回去供奉他的母亲，以示敬意。

十多年前，吴越之地还是桑树遍野，可与季节作物水稻、麦子平分天下。桑梓之地，父母之邦，那是出生的故乡，东隅桑榆更可见桑树的普遍种植。"采桑子"是江南特有的词牌，意即采桑的曲

桑树

子。江南女子多勤劳，有采莲女、采菱女，当然也有采桑女，杨维桢《采桑子》说得蛮形象的，"吴蚕孕金蛾，吴娘中夜起。明朝南陌头，采桑鬓不理"。桑叶于蚕犹如竹子于熊猫：当蚕温顺地匍匐在桑叶上，沿着叶齿边缘均匀地"裁剪"，丝丝的响声里弥散着农人对美好收成的期待。直到有一天，拎起一条蚕对着灯光可见通体透亮，那么蚕就可以上山结茧了。山是指稻草编制的蚕龙，木制的绳车固牢在长凳上，再把一摞整整齐齐的金黄色稻草放在地上。爷爷将两条绳子的一端系在绳车上，另一端拽在手心，奶奶坐在长凳上有节奏地慢慢摇，爷爷就随着这节奏一点点地把稻草夹在两根绳中间绞起来。蚕上山后，以惊人的勇气作茧自缚完成生命形式的一次蜕变。中国是世界上种桑养蚕最早的国家，这是华夏民族对人类文明的巨大贡献之一，采桑养蚕这一常见农活同样成就了张骞和丝绸之路这一概念的伟大命名。

初夏，在离溧阳南山竹海入口处近一公里的地方，当地农民摆满形形色色的土特产小摊。令我好生奇怪的是有一种蛇子（蛇莓）的野果也在卖，一小杯两元。这果实我们小时候不敢吃，据说是蛇在上面爬过，有毒。后来居然也有人尝试：把外面一层颗粒状薄皮撕下，果肉白嫩，淡淡的甜味，水分也足。买了几杯给孩子们，他们一个劲地往嘴巴里灌，说好吃；接着我又看见了桑子，给他们买了些，他们吃得更带劲了。那一刹那，我心里倒有点辛酸，这些东西小时候哪要买啊，他们吃归吃了却无法体味到采摘时的乐趣。无论从物质还是从精神的角度，我和他们的童年都是残缺的，如果互补一下也许就可完美些了。

油菜花

看着一群在油菜花地旁长大的孩子，突然有一天在北方面对一片油菜花发出"太美啦"的夸张惊叹时，我心里很不是个滋味。她们纷纷以油菜花地作背景，合影留念，面容上挤出几分灿烂的微笑。我说不出这笑容真实性的程度，只是心疼这些同龄人甚至长者，心疼她们在出生地过着背井离乡的生活，也心疼自己。我想起了旅行和旅游这两个看起来似乎相同的词语，以及它们背后有关心灵的截然不同的含义……

我从小就没把油菜花当作花来善待，背着黄帆布书包的少年晃荡在乡间小路，折一根柳枝，对着一片油菜花"唰"地猛抽过去，数数有几棵拦腰而断时，竟会得意一番。我和伙伴喜欢这样的恶作剧。蜂蝶拥入油菜花丛时，我就是一个野孩子，没有翅膀，也像是在飞，踩着碧嫩柔软的青草，穿越一片油菜花地，花打在脸上，衬衣上，裤管上，不疼，却也落了个满身黄灿灿的，要拍打老一阵子。

倒不是我们瞧不起油菜花。桃花开了，我们要折断一枝，不是用来看的，握在手里舞舞晃晃，已然成了日常走路的习惯：左脚尖踮一下地，右脚跨出一步，右脚尖踮一地，左脚再跨出去一步，蹦蹦跳跳一阵，随手就把桃花枝扔了。开满梨花的树枝也一样。想想有好多年没有这样走路了，也再没有过这样走路时的轻松和愉快。要让我现在再去折断一根桃花枝，哪怕是一棵油菜花，我恐怕难以下手，有时见了被风吹断的树干也会像看见一个伤口那样难过，眼里老有绿血在不断涌出来的错觉。

以前，我和我的伙伴都不属于赏花的人。花在我们眼里远不如果实那么美，那么值得期待。何况，田野间，小河边，处处都有各种各样的野花，油菜花在我们眼里还不如蓝紫色的婆婆纳好看。我根本没想过，多年后要赶老远的路去皖南，去婺源，去看早已闻名遐迩的这些不曾起眼的油菜花。在一片金色世界里，油菜花喧宾夺主的壮观气势让我惊讶。天空蔚蓝，远山黛青，一场金黄的雪下在人间五月，笑着铺满田野，将树、村落淹没其中。这情景我无法想象可由单棵细碎的油菜花组成：那是类似江南稻田铺天盖地的金黄版图！风的密度由于花粉的介入夹着一股清甜的香味，这香我无力说得清楚，其间微妙在于赏花之人，这香有时需要眼睛来阅读用心来品。

这些时日，妈妈每次从小镇来看我都会带来一些菜薹，我每次都厌嫌让她别带了，她依然照例。于是隔上几日，我又得把那些叶子泛黄渐烂的蔬菜装进垃圾袋丢掉。老实说，我并不喜欢菜薹做成一盘菜的味道，何故不喜欢我也说不清。更大的缘由是我不忍心把那些戴着花苞的茎叶倒进滚烫的油锅里翻炒，我总觉得花是不能去吃的，吃花的权利只有蜜蜂才有资格拥有，所以我连花茶也不喝，当然蜂蜜例外。

这菜薹长得和油菜挺像。油菜三姊妹有白菜型油菜、芥菜型油菜和甘蓝型油菜，这能吃的菜薹可能属于白菜型油菜，从形状、生长习性比较像《植物名实图考》记述"油青菜同菘菜，冬种生薹，味清而腴，逾于莴笋"，我和记录者口味偏差较大，莴笋则是我除苋菜外最偏爱的蔬菜了。我儿时见过的油菜花应该是甘蓝型油菜，这种油菜是长江流域主要种植的品种。油菜花的茎叶不是现在常见的嫩绿，而是一种蓝。油菜的本质也是庄稼，和大豆、向日葵、花生一起并列为世界四大油料作物，"梅子金黄杏子肥，麦花雪白菜花稀"，这是南宋范成大眼里的"夏日田园杂兴"，这个时节，油菜进行一次突然的转化：如南方小巧女性的花稀稀落落，直到再没有一丝金黄，而狭长的荚壳则像日渐成熟的男性生殖器，一根根地挺立起来，那里面包裹着生命的持久延续：深褐、暗红、纯黑等各种颜色的种子——这些种子是半坡新石器时代遗址发掘的陶罐中的已经炭化、距今近七千年的菜籽的多少世子孙！这些种子是远古祖先用以培植蔬菜始慢慢延伸到用以榨油的另一种精美智慧。

我不喜欢炒菜薹，但每每往锅里浇食用油时，我就会想起祖辈们安居乐业的自给自足的小农经济：他们种植油菜和大豆，于是有了润滑爽口的三餐佐菜；他们种植稻子和麦子，于是有了伟大的粮食；他们种植棉花或麻，于是有了衣裤和被子；他们种植各类蔬菜和果树……他们再把日常所需的多余部分去换取日常所需补充的部分，他们把日子过得津津有味，在油菜花美妙金黄的梦想里，在失去实质意义的农民身份之前。

偷得浮生数日闲。我沿着江苏镜内挨长江两岸的城市走了一圈，那些小块的金黄遍布在村村落落，即便在城市裸露泥土的地方也常能看见数点碎金，它们和嫩黄的柳枝一样，随轻风微摆，带一份可爱，在重拾昔日错过之美的心境里是那么的养眼。

蒲公英

我老把蒲公英和紫云英看作一对两小无猜的姐妹，这俩名字就像村子里的人家为几个女儿取名时喜欢都带个英字。蒲公英是姐姐，紫云英是妹妹，为什么呢？蒲公英在唐代就有所记载，比如《千金方》，而紫云英却到了明代才有所记载，比如《本草纲目》。大地这位母亲，在唐时生了大女儿，生小女儿时一晃已到了明时。

我这样的说法其实是很没道理的，很多植物亿万年前就出生了，静静地住在人烟罕至的山谷或森林，至今也还没有人见过它们，给它们取个名字。我的家乡还把紫云英叫作红花郎，把蒲公英叫作黄花郎，这样一叫看起来它们又像是一对兄弟了。这是最简单最直接的叫法，仅是根据颜色来随便叫叫的，就像村里人给女儿用个大花小花的乳名一般，没有什么想象力。

说来奇怪，大抵美好的植物都能从《诗经》里找到原型的，蒲公英和紫云英却是个例外，这个例外让我很不习惯。更奇怪的是，

蒲公英

蒲公英

在我阅读过的唐诗宋词里也没提到蒲公英。我试着按图索骥，除金簪草（《士宿本草》）的叫法可能刚开花时像支金簪、鹁鸪英（《庚辛玉册》）的叫法大概是花开之时正值鹁鸪初鸣、残飞坠（《生草药性备要》）的叫法则更大缘于种子成熟后随飞飘落的形象描述外，最有意思的是《千金方》里凫公英的叫法了：漂浮的白发老翁。有点"孤舟蓑笠翁，独钓寒江雪"的味道——那种子驮着我的想象无限驰骋。

读《本草纲目》虽长见识，但药味太重，说蒲公英可以治疗痢疾、痈疽疔疮……那么多病字旁的汉字挤在一起老恶心的，感觉蒲公英就是一个看急诊的老中医；读《救荒本草》之类也长见识，说蒲公英的嫩叶可以蘸酱生吃、炒食、做汤、炝拌、做馅或做粥等，可总有面黄肌瘦的脸在眼前晃来晃去，叫人心酸。我是个喜欢美的人，打死我也不敢相信蒲公英可以用来吃，那么美的东西怎么能吃呢？在南方乡间，蒲公英和萤火虫这一草一虫两个"活物"，因为玩趣而成为封存于孩子们心中的温情的童话符号。

蒲公英开黄色的小花，开花时几乎难以引起孩子的注意，一旦"落单"了，那白色绒毛球就显而易见了（我感觉蒲公英是有牙齿的，她把孩子们紧紧咬在身边）。此刻的蒲公英在我们的争抢下，扫然一空。我们握住茎，猛吹一口，种子们漫天飞舞，那情景请原谅我的想象依然飞越不了那个普遍的比喻"降落伞"。如果蒲公英在美国，那些孩子如此玩法时，梭罗会在《野果》里记下这样的寓意：男孩儿总忍不住要使劲对着这些小毛球吹气，据说这样做可以预测自己的妈妈是不是需要自己去帮个忙——如果能一口气把小毛球吹得一下全部飘散开，那就是说还不用赶着去帮忙（也许翻译的问题，梭罗在《种子的信仰》一书里的相关文字却被译为男孩子们老拿来验证妈妈是否还要他们，假如一口气就能把上面所有的种子吹掉，妈妈就不要他们了）。他说这是大自然给我们最早的提示：人生是有义务承担的。同样的玩法却看得出东西方文化的差异了。

有一朵蒲公英的名字叫茅德·冈，"她伫立窗畔，身旁盛开着一大团苹果花；她光彩夺目，仿佛自身就是洒满了阳光的花瓣"，叶芝爱情世界里一个若即若离的在场者。名篇《当你老了》开头四个字就有了忧伤的注脚。这首诗共有六个中文译本，最普遍使用的是袁可嘉所译。这首诗所有译本的第九句皆大意为"垂下头来，在红光闪耀的炉子旁"，我唯一见过的一个不同版本不知是谁所译，或者是恶作剧，翻译成"垂下头来，在红色蒲公英的草地上"，虽然与原文"And bending down beside the glowing bars"不太相符，但我更喜欢这个突然而至的亮丽译句，它比其他的译句更富有诗意，这能不能说是诗歌的生长力呢？我还试着让王春鸣单独翻译这一句，她的译文为"在明亮的酒吧旁弯腰"，好是可爱。

与其说我喜欢这个译句，还不如说我喜欢里面的一种植物所带给我的美丽想象：红色蒲公英。这种颜色的蒲公英我没有见过，然查资料确实有：红色蒲公英是蒲公英与薰衣草花粉互换产生颜色变异得来，因此是与薰衣草共生的特殊品种，因颜色呈特殊的紫红色而得名。由于生长气候环境要求独特，因此世界只有在两个地方出产紫天使（红色蒲公英），一为南斯拉夫城市卢布尔雅那，一为法国普罗旺斯。普—罗—旺—斯！无穷诗意，若有机会，倒确实要去看看，这大自然真是美妙。

种子是有信仰的。像人一样，总觉得会有一个温暖的天堂安置自己的来生，种子的信仰就是大地，它飞得再高再远也会选择坠落，深深扎进泥土。我的乡村就是那株蒲公英，她的孩子们纷纷坐上了铁皮火车去了遥远的都市，她的孩子们却时常牵挂着木质的母亲，只要母亲还在，他们会回来的……蒲公英飘絮的时候，我就看见了祖先。毛茸茸的祖先。

紫云英

　　江南的田野是恬美而肥沃的，这恬美还成全着肥沃。数年前我刚写第一篇故乡的植物时，就有友人给了我一个命题：紫云英。看友人的迫切，就可知道这花有多惹人喜爱了。紫云英与禾苗、油菜花一样，编织着江南田野的经纬，我从小就生活在这碧绿、紫媚与金黄交织的春色里。迟迟未动笔确实是因为担心笔误而带来的愧疚感，但它却一直盛开在我内心的沃土，摇曳成朝霞和晚霞。然而今日的江南，紫云英的芬芳早已远去。

　　我最终动笔写紫云英其实和写看麦娘的原因差不多。虽然两者身份不同：农作物和杂草，但它们作为一种生命是平等的。近年来读《诗经》者越来越多，这真是件好事。一时间，有关《诗经》的"别意""别解"、草木虫鱼鸟兽的系列随笔呼之欲来。闲时翻阅，可闻得来自乡野的香甜气息，不说心旷神怡，却也能觅得一丝清凉。我也喜写植物，写植物时也常读《诗经》，我总觉得有《诗经》

紫云英

紫云英

这张出生证的植物方可信。紫云英因为一直未能找到，所以搁置了很久，当我读到大量的随笔中将紫云英锁定为《诗经》里的一种植物"苕"、甚至有人写到"苕有一串注释，一说凌霄花，一说翘摇，一说苇花，一说紫云英，我可不愿意接受前面三种，我相信苕就是紫云英"时，我不愿容忍并觉得有话想说。我翻过大量可信的书籍没有一本直接注释苕为紫云英的，即便苕真有四种注释，那么凭什么就认定《诗经》里的"苕"就是紫云英呢？张冠李戴说难听点不就指桑骂槐了？

苕这种植物在《诗经》里出现过两处，一为《陈风·防有鹊巢》，一为《小雅·苕之华》。《本草纲目》分别记载，《防有鹊巢》里的苕为凌霄花："凌霄野生，蔓长数尺，得木而上，即高数丈……自夏至秋开花，一枝十余朵，大如牵牛花。"《苕之华》里的苕则为鼠尾："生平泽中，四月采叶，七月采花。"诸多学者还认为苕在两处皆指凌霄花，这个说法我暂且不作讨论，只看各类记载描述，尤其是"苕之华，芸其黄矣"，与紫云英的样子和生长习性皆无多大关系。

想起另一种植物苜蓿，直到汉代才由汉武帝派使者张骞从西域带回，紫云英和苜蓿同属豆科，会不会也是来自西域抑或是苜蓿的一个变种呢？在汉朝以后，我发觉一个奇怪的现象，药物与食物时常融为一体，尤其体现在植物上。许多植物本是药物，但由于各种原因人们慢慢食用它们，这些植物也就变成了食物；许多植物一旦人们停止食用，就慢慢住进了中药铺。我看各类药典，紫云英在明代以前的药典几乎没有记载，真正有"紫云英、荷花紫草"记载的一直要到清代李渔的《芥子园画谱》。以上一些痕迹与现代辞条对紫云英的概述有几分吻合：现分布于亚洲中、西部，明、清时代就已在长江中下游地区大面积种植。那它怎么可能在《诗经》时期就出现呢？我个人以为，紫云英可能于明、清时期从国外引入栽植，但最大的可能是由某种同科属的植物培育成的新品种。南方土壤和气候条件那样千差万别，水稻在各地农民的聪明才智下经常会有新的品种培育出来，紫云英又何尝不可呢？看资料紫云英的主要优良品种有：早熟种乐平、常德、闽紫1号等，中熟种余江大叶、萍宁3号、闽紫6号等，晚熟种宁波大桥、浙紫5号等，《武进县志》记载我家乡曾栽植的就是浙紫5号。

暂止笔。紫云英在我家乡叫红花郎，也有叫它荷花郎的，我想后者之所以这么叫，大概是紫云英的花形与荷花有几分相似吧。可无论怎么个叫法，紫云英是为数不多的拥有众多美丽别名者，这应该取决它本身的美。到江南而不谙农事者，几乎会被那片紫白相间的花浪深深迷醉，而几乎——肯定想知道这是什么花？它或许更应称为草，我见吴越之地还有称它为草紫的。太湖平原上的子民摸索着错综复杂的合理的耕作制度，紫云英在扩种双季稻时曾大面积放养，作为农民喜爱的农作植物扮演过作物肥料和猪饲料的重要角色。紫云英秋天播种在成熟期的晚稻田，次年开春成长，进行摧枯，经沤制后进行抛秧，种早稻。这种根瘤植物能肥沃土地，庄稼好产量高。二十世纪五十年代末至八十年代的武进，作绿肥的草类有紫云英、苜蓿、苕子（这里的苕是野豌豆）、田菁等。绿肥，在现代化的都市需求中，可直接等同于一个值得信赖的标注：有机食品。

我家乡的副业内容主要由蚕桑、养蜂、瓜菜、药材和编织组成。二十世纪八十年代初，武进曾以全县蜂群五万八千零三十五箱占江苏蜂群总数的三分之一，在全省占首位、全国占第二位。家乡供蜂群采蜜的花源主要是三四月份的油菜花和紫云英，其次还有洋槐、棉花、胡萝卜及瓜果类中一些零星的辅助蜜源，虽然蜜源面积基本能容纳全县蜂群的需求，但一个多月的花期过后怎么办呢？紫云英是我国主要蜜源植物之一，它在不同的地域开放的时间也有差异，由此主导着勤劳的家乡人踏上了祖国的版图——东线：上年十二月至本年的二三月份，蜂群在广东、广西、福建采集油菜、紫云英花蜜，二月至四月去江西采油菜、紫云英花蜜，四五月份回到上海、江苏采油菜、紫云英花蜜，五六月去山东采苕子、刺槐花蜜，七月至九月去内蒙古、东北采荆条、椴树、向日葵、芥菜花蜜，十月回江苏；中线：上年十二月至本年三月，蜂群在广东、广西、福建采油菜、紫云英花蜜，三月至五月去湖南、湖北采油菜、紫云英、蚕豆等花蜜，四月至五月去河南采油菜、紫云英、枣等花蜜，六月至八月去山西、内蒙古采草木樨花蜜；西线：上年十二月至本年三月，蜂群在广东、广西、福建采集油菜、紫云英花蜜，三月至四月去四川采油菜、紫云英花蜜，四月至六月去陕西采油菜、刺槐、草木樨花蜜，六月至八月青海、新疆、甘肃、宁夏采油菜、棉花、荞麦、枣等花蜜。

足迹遍及中国大部分省区，但蜜源还是以紫云英和油菜花的花期为主线的。家乡人利用（这个词语有点功利）大自然的昆虫与花草奉献出了与江南一样香甜的健康食品。然而，家乡人对紫云英的感情可非一般，经历过二十世纪六十年代初三年困难时期的人会感叹，那是救命草啊！——饥饿的人们被迫到生产队的田里偷割红花郎充饥。当时一种吃法是拿红花郎放入开水中烫熟，切碎后捣成团，在米糠里滚一滚，然后放在锅里蒸熟。命是救了，曾经吃过的人留下了便秘痛苦难耐的阴影。但这似乎不该是那美丽花儿的错。

看麦娘

池莉有部小说《看麦娘》我没读过。每每看到读过小说的人常有诸如"开始看小说，才知道看麦娘是一种杂草，而且在乡间田头随处可见，还有个俗名叫作狗尾巴草"，"看了池莉的小说《看麦娘》后，才晓得平常的狗尾巴花却有一个如此令人动容的好名字——看麦娘"的感叹，更有甚者感慨差点被这美丽的名字幸福地击倒，我有点忍不住要为这感叹而感叹。如果你真被这个名字和名副其实的看麦娘击倒，那也许才能称得上幸福。

在写过很多植物之后，因涉及的资料较多，我发现往往每种植物在不同的地方有不同的叫法，多的甚至可达数十种别名。加上科属上的亲缘关系，也往往出现不同的植物有相同的名字。我没去过武汉的乡间探询过，也许那个地方就把狗尾巴草叫作看麦娘的，我想的是这狗尾巴草为什么会叫看麦娘呢？看麦娘的表意是看护着麦子长大成熟的另一种草，这个名字有着类似于奶妈一般的温情，如果这样来理解的话，狗尾巴草就是看麦娘多少有点令人费解。而且据我儿时对田野的记忆，麦田里是鲜有狗尾巴草的，那草多长于田埂、沟渠和河坡。麦田里和麦子夹杂生长最多的是另一种草：细圆柱形灰绿色的穗，大约长三至八厘米，小穗含一朵花密集于穗轴之上，花药橙黄色。这种草的长相倒有点"看麦娘"的味道。如果我时常能把植物的名字和它本身搞错的话，那池莉也同样有这种可能，何况在她体量较大的小说中作为象征手法微小部分的呈现远远比我用一篇散文的容量专门著述要无关紧要。

当然，我写《看麦娘》感觉也要冒很大的风险。坦白说，我并不具备知识普及的能力和野心，但为还事物本来面目，冒点风险也是值得的。我内心最真实的感受就是过继给李姓人家的孩子，他需要找个人倾诉自己原本姓王。即便我一步步求证最终未能还看麦娘本来面目，这样一个过程也可以使得更多喜爱植物的人来共同努力说出真相。

我曾写给一句诗"我有五月麦芒为竖琴，我有十月稻穗为琵琶"，这首先涉及中国南方稻麦轮作一年两熟的农业耕作系统，它受地理位置、热量条件及生产条件的制约：长江流域各省及华南一带栽种冬小麦，秋季十月至十一月播种，翌年五月至六月成熟；栽种水稻则是六月至七月育苗、插秧，九月至十月收割。与水稻和麦子伴生的禾本科杂草主要有野燕麦、雀麦、看麦娘、稗草、早熟

214

看麦娘

禾、狗尾巴草等。这样一个条目，已经很明显地把看麦娘和狗尾巴草作为两种不同植物区分开来，而且一个身份"杂草"一下子把看麦娘所具有的表意的温情打消得荡然无存。

顾景星的《野菜赞》分两个部分记录过一种叫"看麦娘"的植物。第一部分："高下二种，在麦田中，稂稗类也。一名草子，似燕麦，子如雕胡。尔雅谓之皇守田稂，亦名守田。俗名宿田翁。"第二部分："有看麦娘，翘生陇上。众麦低头，此草卬望。布谷飞鸣，妇姑凄怆。谁当获者，腰镰而往。"一会宿田翁，一会看麦娘，把这植物说得不男不女的。燕麦的样子我见过，"子如雕胡"据查《本草纲目·谷二·菰米》[集解]引苏颂曰："菰生水中，叶如蒲苇，其苗如茎梗者，谓之菰蒋草，至秋结实，乃彫胡米也。"菰米与燕麦的外形也颇像。我的脑海中大致有了看麦娘的肖像。再循蛛丝马迹。《尔雅·释草》说：稂，童粱。对《诗经》里草木鸟兽虫鱼的考证做了开创性工作的陆玑在《草木疏》中也有："禾秀为穗而不成，崱嶷然，谓之童粱。今人谓之宿田翁，或谓之守田也。"我基本认定看麦娘就是一种叫"稂"的植物。然而在各类图考中唯独没有"稂"的对应图案，那么稂究竟是一种什么样的植物呢？《诗经·小雅·大田》有"既方既皂，既坚既好，不稂不莠"，描写了禾苗地里没有什么杂草，庄稼从谷粒初生、灌浆饱满、表皮坚硬、完全成熟的一个过程。我翻阅众多资料，大多解释为稂是狼尾草，莠是狗尾草。狗尾草的穗子粗短刚毛也短，从淡绿色变为黄褐色；狼尾草的穗子细长刚毛也长，从淡绿色变为紫色。而且狼尾草有许多奇怪的别名：稂、童粱、守田、宿田翁、狼茅、小芒草……甚至也有狗尾草、大狗尾草、黑狗尾草、狗尾巴草的叫法，狼尾草的生长习性和狗尾草差不多，也多长于田埂、沟渠和河坡，在我家乡喊它芒草。难道看麦娘是狼尾草？

有一个值得推敲的地方，《诗经·小雅·大田》的禾苗地种植什么庄稼时"不稂不莠"呢？禾在古代指粟，周代种植的应该是一种粟的粮食作物。中国北方称粟为谷子，中国南方则称稻为谷子，那么稂和莠这两种所谓的"恶草"是与谷子地相关的。且谷子地里的杂草样子长得非常像谷子，比如稗子和水稻，麦子地的杂草样子应该长得像麦子。谷子地的"稂"与顾景星所记录的"在麦田中"的稂稗类杂草"看麦娘"是否产生了冲突？顾景星写《野菜赞》的背景是在老家湖北蕲州，他结茅为庐采野菜充饥的地方也是池莉所在的湖北。我不知道顾景星"众麦低头，布谷飞鸣"的时节看到的"看麦娘"究竟是怎样的一种草，说不定在湖北看麦娘真有狗尾巴草的叫法，但放在更为广阔的地域来看，狗尾巴草是鲜有看麦娘的叫法的，基于此我还是想坚持给真正的看麦娘一个公道。因为即便是狼尾草在麦田里也是少见，我坚信看麦娘就是我儿时所见的"细圆柱形灰绿色的穗、花药橙黄色"的植物。

池莉在《看麦娘》里说，汉字就是这样，只这三个字，就能令你爱上中文。我深有感触，坦白说我倒是被这三个字幸福地击倒后，才竭力去寻找"击倒"我的那种植物的容貌的。我找到了现代植物学中"看麦娘"的一张图片，发现在故乡的田野间遍地皆是，我曾拔着玩过，割了喂过羊，正是我所说的"细圆柱形灰绿色的穗、花药橙黄色"。请记下看麦娘的生长习性：八月底到九月上旬出苗，十月至十一月进入生长高峰期，翌年四月上旬抽穗开花，五月上旬种子成熟，经两至三个月休眠即可发芽。这样的生长周期完全和麦子吻合。

田野一步即故园，一步之内的芳草犹如一个同宗的家族，禾本科的植物聚在一起正如我和堂兄堂姐表兄表妹之间的关系，它们寓意繁茂，我们寓意繁衍。看麦娘的样子和狗尾巴草是两码事，你说看麦娘会是狗尾巴草吗？我给妈妈打了个电话，麦地田里"细圆柱形灰绿色的穗、花药橙黄色"的草叫什么名字？妈妈说"叫看麦娘"。为了双重确认，我再问仍在麦田守望的奶奶，她说"叫看麦娘"。我可以安心被这三个字幸福地击倒了。

茅　针

若我可变成一只甲虫，茅针是我的红缨枪。

生命早期的记忆是一个人生活的根，尤其对一个没有多大抱负的人而言，我在两种截然不同的生活状态里挣扎了很久。惦记着，牵挂着，还是与一个春天的愿望失之交臂：回到被雨水洗亮的故乡田野拔几根茅针，补一补童年的功课，而这个愿望又只能等到来年春天才能实现。

茅针，如矛如针，刺破泥土似乎也为一个承诺，一个孩子站在季节中央期待着大自然的馈赠，它们隔着时空戳破尘埃的厚实纱布：我分明能看见三月的早春，陌上渠边青翠中的几抹微红。我读书的小学离家是条不到一公里的乡间小路，茅针出土的时节，我就把上学的路走成一公里半了：纵横相错的田埂连接起来也能到学校，因为春风一吹，田埂上齐刷刷伸出了小脑袋。

茅针就是茅草的嫩苞。明代的高启（江苏苏州人）因久居乡里，写过《牧牛词》《捕鱼词》《养蚕词》《伐木词》《打麦词》《采茶词》《看刈禾》等农耕景象，当然也会熟知许多草木，茅针肯定不会错过。"渔村港头初月上，鹅鸭不惊菰荻响"的菰荻就是茅针，一个挺美的名字。茅针不是野菜也不是野果是个既定的事实，但从特殊的感情层面来说茅针可以是野菜也可以是野果。说茅针是野菜的是顾景星，一生遭遇颠沛流离，最后还是选择了率一家老小返回老家湖北蕲州，无所寄居便垒石结茅为庐，采野菜充饥，于是满怀恩情地写下《野菜赞》，列四十四种，茅针与我写过的霞菜、汉菜等一并列入，说其"煮粥可省米，与米麴同"，他要把茅针当作野菜也无可厚非；也正是他"未出叶时，茸茸然，味如饴"这一精确描述，我愿意把茅针得天独厚的果味口感称为春天赐予我的唯一果实。当然，现在的大棚种植技术已经改变了植物的正常生长规律，许多瓜果蔬菜慢慢与"时令"这个特殊的孕育期失去了关系，人们也在习以为常中逐渐忘记了与各个季节相对应的事物面目。

茅针，纤柔，江南性格的一个侧影。我现在时常推敲获取植物的动作方式，比如茅针，通常用一个"拔"字，感觉事件发生在《水浒传》里鲁智深与一棵倒挂杨柳之间，双手的虎口紧紧扣住树干，猛一发力以泄怨气，何况鲁提辖踩着的地面覆盖着大树蔓延在四周的根，听起来有点拔着自己的头发离地一尺的可笑味道。可除了"拔"字我想不出更好的动词来用在茅针身上，心里实在有些不甘：茅草含苞欲放时，两指捏住嫩苞连茎一并提拉出来，出鞘的时候发出吱吱的贴心、痛快之声。剥开上半截紫红下半截嫩绿的苞皮，抽出里面的绒穗，绵软，闪着丝般的银亮光泽。放入嘴里细细咀嚼，舌尖抵住上颚磨几下，柔滑香甜，虽没有饱满汁水，但有着嚼口香糖清口时无可比拟的原始芬芳。抽两条出来，夹在噘起的嘴角与鼻子之间，用手装模作样捋几下，一个白胡子爷爷的形象，伙伴们一阵哄然大笑。

清明前后的茅针鲜嫩，再晚就像棉絮般索然无味了。没有"夭折"的茅针长大了就变成了茅草，也叫茅柴。茅草好像没有食草的家畜愿意吃，我们小时候也不割这种草，容易划伤手。所以到冬天，田埂上就有一片枯黄的茅草，由此也有了乡下孩子放学回家一路"放野火"的乐趣，一条田埂就像一条蔓延的火龙。"离离原上草，一岁一枯荣。野火烧不尽，春风吹又生。远芳侵古道，晴翠接荒城。又送王孙去，萋萋满别情"，白居易的《赋得古原草送别》曾拆了前四句题名《草》收入我儿时的语文课本，学习的中心思想是小草拥有顽强的生命力。这肯定不假，后四句舍掉或许考虑到小小年纪少有离别愁绪，于是前四句成了儿时"放野火"的快乐写照。乡野间还有一种植物荙棵，形态像极放大了的茅草，这种植物我是敬而远之，比茅草锋利多了，像把双刃剑，在乡村生活过的人几乎没有一个没被割破手或划伤脸的。荄棵老了倒好像可以刈断回来做做瓜蔬的棚架或编编篱笆什么的。另外，茅草在夏天开的花，摘上一把，拂在脸上光溜溜、滑溻溻的，并有点凉丝丝的感觉，特别舒服。这种花穗晒干，和席草编织在一起，就是南方一种叫作蒲鞋的东西，冬天穿着比棉鞋还暖和。我的很多伙伴曾穿过，这也是我儿时羡慕的事。

古时普通百姓穿麻制衣服，也称布衣，世事多变，现麻料服装早已比棉布作料的来得贵重，这源起黄道婆从琼州带回黎族人的纺织技术，棉花的种植慢慢得以普及。时至今日我再谦称"布衣"似乎带有"不识时务"的奢侈，但我仍可称自己为一介草民：细细梳理一遍茅草的一生吧，吃过，玩过，用过，与草之间有过如此渊源称草民又何妨？

芦 苇

用笛子吹奏民歌《拔根芦柴花》远比用二胡拉适合，笛声悠扬，有风从芦苇头顶轻轻走过。

说到芦苇，我习惯和定语"风中的"连在一起，仿佛这种偏正句式更能凸显芦苇轻柔、灵巧的身姿和韵致。我有个朋友，喜欢在房间的角落插几枝芦花，这芦花是枯黄的枝和灰白的絮，花瓶不装水，我竟也能隐约看见一株芦苇的前世今生。我不知道她为什么会爱上这样的组合，似乎是经过了与内心的秘密交谈后产生的对年月的审美。类似的状景在另一个朋友杨键家也曾见过，在他书房的旧式大衣橱顶上有两枝梅枝，据说干掉已有四五年，它的托身之处是一只普通的花瓶，按杨键的认识是"它没有水分，也无真的托身之处，这虽死犹生的梅枝大约就是中国之美"。中国之美究竟是怎样的美，我尚无力辨认，但这四个字精练，其间不乏蕴含了对生命万古常新的阐释。

可对我而言，我是断然不忍心割绝芦苇与水的密切关系的。在东部的太湖流域，依水的形状、面积、体量有着各式名字：河，湖，荡，汊，沟，池……那里闪耀着芦苇的影子。我不善作画，但愿意尝试：支起画板，用的是蜡笔，画的是故乡细腻的傍晚。在光阴的密度与容积里，有落日，翠鸟，芦苇的肌理，还有捕鱼的大爷爷那张模糊的脸，向晚的风正亲昵地舔着大地上的事物，万物相处如此微妙与美妙。这幅画不能缺少那条串起一切的光荣的河流，可是我的笔停了下来——在河流面前我的脑海中首先闪过一个动作：撇（释义为从液面上轻轻地舀，以去掉泡沫或浮渣）。我难以画出河流了，于是我得把芦苇抹掉，把翠鸟抹掉，像过世的大爷爷一样永远抹掉。我的故乡只剩下一幅残缺而破碎的画……

我正端坐餐桌剥着一只烫手的四角粽子：中华老字号"五芳斋"牌，产自浙江嘉兴。解开细绳，拎起粽叶一端，轻轻抖动，粽子肉慢慢地滑落。我手里剩下芦苇的一个部分，当然是来自远方嘉兴的芦苇的一个部分。于是我才想起故乡的河流与芦苇。我想问问风，您吹这片大地有多久了？"蒹葭苍苍，白露为霜""蒹葭萋萋，白露未晞""蒹葭采采，白露未已"，时间推移连续成秋日里某个天亮的动情片段，我如同住在《诗经》的隔壁聆听大自然里和谐、细微的声响。而今天，我面对着故乡锈迹斑斑的河流与枯蔫的芦苇，才惊觉《诗经》已被一页页翻过，就像被风吹散的那片土地，

芦苇

残留给我的是几多忧伤。

　　"挂在门楣上的粽叶已经发出了灰褐色。风飒飒地吹着那捆粽叶，很像是雨声。"这是苏童《祖母的季节》的开头，熟悉又感伤的味道。这粽叶采自白羊湖的芦苇。我并没有把这当小说看，它更像一篇怀旧的叙事散文，我坚信这里有一个真实的祖母，有一个真实的叫白羊湖的地方。苏童是苏州人，他的记忆应该离白羊湖不远，这白羊湖应该在江浙一带，张岱的《陶庵梦忆》写的就是江浙的风景，他在《白羊湖》里写看潮，说潮水"如百万雪狮蔽江而下"一路涌来，"龟山一挡，轰怒非常，炮碎龙湫，半空雪舞"。苏童的祖母形象是"挎着竹篮走过横七竖八的村弄，去五里外的白羊湖边采青粽叶……赤脚涉过一片浅水，走进最南面那丛芦苇里"。我的祖母就在村子旁的青城河边采摘芦苇叶子的。祖母也赤脚，站在浅水中，耐心挑选芦苇中段偏上的叶子，叶面大而嫩——根部的叶子太老容易裂开，顶部的叶子尚未长好叶面也窄。她选好粽叶后，洗净，用剪刀将叶子头部剪整齐，然后放在开水中约莫烫两三分钟，这样叶子就变得柔软了，还散发一股青香味。史料所载，春秋时期是用茭白叶子包粽子的，一直到元代才有突破，用箬叶，使用芦苇叶子是从明代开始。是粽子最终选择芦苇，还是芦苇选择了粽子似乎无关紧要，先民智慧的积累，终究还是把两种取材完美地结合在一起，造就了中华美食的经典之作。

适逢端午有友相邀去无锡的马山，在常州的雪堰镇境内已进入中国著名的淡水湖太湖的湖岸线。这里的芦苇没有白洋淀"满泻荷花千顷苇"那种一望无垠的气势，它们一簇簇地沿湖岸而生，宛然一道绿色的岸堤（我不由又想起已故的散文家苇岸，他的名字与眼前景象是如此的贴切。尽管他说他的笔名最初取自北岛的诗《岸》，但他也说还有另外的因素，那么这另外的因素大概与他也喜欢芦苇这种亲近水的诗意盎然的植物有关吧）。其实，我和这些芦苇都是太湖平原养育的子民，平等地领受着这"包孕吴越"的生命之湖的恩惠。当白色湖鸥在浩渺的太湖水面上惬意地飞翔时，我又想起了另一只鸟和另一个一直想去的地方：在苏北的滩涂上，飘荡着朱哲琴深情的歌声："走过这片芦苇坡你可曾听说，有一位女孩她再也没来过……"她唱的是《一个真实的故事》，关乎生命伦理的沉思。我想去那里的芦苇边看看，听听，白云是否还在悄悄地落泪，那只受伤的丹顶鹤有没有回来悼念救过它的小女孩。

苜　蓿

在我走过的长江下游的江浙地区，如果苜蓿的种植面积稍大一些，九月的微风拂过时，虽没有"风吹草低见牛羊"的宏大诗意图景，可也有草原的某种缩影了。大胡子惠特曼歌唱草叶不掩其豪放的性格，这苜蓿于风中摆动时内蕴的柔情似婉约派的狄金森（1830年~1886年），质朴清新，洗尽铅华，她铺就一片草原需要三个元素：幻想，一只蜜蜂和一株三叶草。三叶草就是苜蓿，因其长有三片心形叶子而得名，也称幸运草，颇有点爱情信物的味道。

苜蓿有紫花和黄花二种。《植物名实图考》记"西北种之畦中……夏时紫萼颖竖，映日争辉"，这是张骞通西域后传自西域的紫花苜蓿，八百里贺兰山也曾披过这紫纱。缘起偏爱大宛（地处今中亚费尔干那一带）马的汉武帝，遣使求不得后，即派飞将军李广利两次兵伐大宛，终于得其"善马数十匹，中马以下牡牝三千余匹"（《史记·大宛列传》），因"马嗜苜蓿"，所以"汉使取其实来，于是天下始种苜蓿”，由此边塞草长马肥。张骞的丝绸之路总体来说是一条“贵族之路”，交流的大多是当时生活文化的高级用品，然而我看张骞的贡献则是从西域把农作物胡麻、蚕豆、石榴、大蒜、葡萄、苜蓿等相继传入内地，丰富了田野内容，构成了中国完整的农业系统里重要的组成部分。

黄花苜蓿，一名南苜蓿，在南方有大量种植。茎匍匐于泥土或微倾斜，开花时有两至六朵金黄色的玲珑小花。每年七月至九月可分期播种，八月至翌年春季三月陆续采摘，形容其生命力的旺盛不妨引北魏贾思勰《齐民要术·种苜蓿》句“此物长生，种者一劳永逸”，丝毫不见夸张。

狄金森的三叶草是什么颜色呢？也许是紫色的，紫更带有梦幻的色彩。另一个美国人利奥波德（1887年~1948年）在《沙郡年鉴》里描述了威斯康辛州一片鹤所留恋的沼泽时所提到一句：“在那些年月，还没有紫苜蓿，因此山地的农民们种植的牧草地非常糟糕……这些牧草地的岁月是沼泽地居民的田园牧歌式的时代。人和动物、植物以及土壤，为了大家共同的利益，在相互的宽容和谅解中生活和相处着。”苜蓿作为牧草的重要角色在各地都已确立。

我的故乡把一种野苜蓿喊作秧草，也叫“金花菜”，要是喊它苜蓿的话，感觉有点别扭，在故乡也真没听人叫过。我想，如此普通的植物根本不需要过于文绉绉的名字，它适合如地质般持久旷远的方言。方言是一片土地默认的一种语言，几乎带着一丝顽固和不可侵略。

我自以为是地理解过苜蓿为什么叫秧草：儿时见过播种时节一桩重要的农活，为节约农业成本，提高肥效，农民打秧草沤肥，是为秧苗而备的肥料，故亲切地称为"秧草"。殊不知，那些沤肥用的草是另一种植物紫云英，故乡把它叫作红花郎（绿肥还包括水面养殖的水葫芦，水花生，水浮莲及绿萍）。当然，我坚持我的解释是因为在扬中、泰兴等地确实是用秧草沤肥的。

见女士用过一种香奈儿的香水，标签上还有一个子名字（或原料）：蜂蜜苜蓿。我甚觉奇怪，这能作肥料的苜蓿何故又与香水扯上关系，一面俗得可憎一面又雅得可亲未免显得离谱。况且我并没发觉秧草开花有特别的香味，反而作为肥料的元素，总会令人联想起恶臭或刺鼻的味道。即便《群芳谱》里有一段与此相关的记载"采其叶，依蔷薇露法蒸取，馏水，甚芳香"，我总觉得文字如是描述是出了点差错。

我数次于宴席上遇到那道河豚烧秧草，弃河豚而不顾并非因为惧怕"河豚"的毒性，也尚未晓得秧草能把河豚之鲜吸附于身。至于秧草味美之细述，除鲜美绝伦四个字外恕不是我的笔力所能逮的。一种牧草能变成时尚野蔬，秧草本身没多大改变，究其原因实为国人饮食概念多元化的一支延伸。翻过林林总总的菜单，金花菜烧蚌肉、金花菜蒸鲥鱼、上汤草头、生煸草头……一一闪入眼帘，而唯独不见以"秧草"嵌入某个菜名。

我喜欢喊"秧草"，与秧苗扯上关系的总让人感觉亲切和踏实些。

针　金

德富芦花的《灌木林》里有一隅："青头菌长出的时节，树林周围的胡枝子和狗尾草已经出穗，女郎花和萱草随处丛生，大自然在此建造了一座百草之园。"初读过去对东京西郊的这块地方有几分向往，或者说对那些新鲜的植物名字充满好奇，假如一座百草园与我完全陌生，我倒也就一读而过，可这期间有我所熟悉的狗尾草，与它为伴的植物会长成什么样子？然而，当我把这些植物一一找到"原形"时，这百草之园也不过是我从小生活的故乡的某个角落：青头菌（绿菇）、胡枝子（苕草）、狗尾草、女郎花（木兰花、玉兰花）、萱草（黄花菜、金针）。

唯一出乎我意料的是萱草，寻寻觅觅这无数次出没于我阅读书籍中的植物竟然是池塘边一小簇的针金：光滑、扁狭的叶子自根茎生，花茎由叶丛中抽出，数朵大黄色或红黄色花朵出于顶端，挟几分傲气。苏东坡的《萱草》可谓萱草诗词里最形象的一首"萱草虽微花，孤秀能自拔。亭亭乱叶中，一一芳心插"，站在针金面前朗读此诗，感觉像一感情色彩稍浓了点的说明书。

东坡先生转身又有美誉"莫道农家无宝玉，遍地黄花是金针"，把针金比作宝玉也只有他敢有此一说了。针金在我的故乡也不是大面积种植的，地位与葵花差不多，零星地在屋前屋后地种上一簇，而且还不是家家户户都会去种的。我家倒也有那么一丛，在离家十米的池塘边上，簇拥着一棵老桑树，这老桑树的根紧紧扎在池塘的岸边。针金可作蔬菜，我记得奶奶经常炒给我吃，主要充当韭菜的配料，我并不喜欢吃针金，所以至今回味不出味道来，究其原因那味道也并不像别人所说的有多鲜美。我看乡下人也是吃着玩玩的，针金盛开时在五月至七月，各类蔬菜正当茂盛，不过是好像任它谢了可惜罢了。针金花"朝开暮焉"，大部分在还没有绽放时已被采摘下来，晒干，留着炖汤吃。

我实在不敢用"针金"来写这种植物，我甚至担心这名字仅仅在我生活过的村庄用过。我问了曾在常州东、南、西、北四个方向的乡村生活过的朋友，我说黄花菜你们叫什么？他们也迷糊了，我提醒有没有"针金"的叫法，他们说对，是叫"针金"。我非常奇怪，我们为什么会把"金针"颠倒过来叫呢？

我看叫金针还是有它的道理的。据说当年陈胜、吴广率领农民起义军攻下陈州（今河南淮阳县）建都称王时，士兵们在兵荒马乱中，把生机旺盛的黄花菜践踏得不成样子，当地有个名叫金针的姑娘，看到这种情况十分痛惜，于是就对其精心管理培植，结果黄花菜又死而复活。棵棵长得亭亭玉立，开满醉人的鲜花。后来人们为纪念金针姑娘，就把黄花菜起名叫金针菜。不妨把此民间故事看作"金针"一名的正道来由，即使抛开传说，金针的花蕊也确像一根根金针，由此得名也算有了确凿的理由。至于我们这为何叫"针金"，实在找不到唤此一名的祖先了。

我不想争辩这针金究竟算不算美味良蔬，张潮《幽梦影》中一句"当为花中之萱草，毋做鸟中之杜鹃"我读出了两层味道。

其一，萱草可作用来观赏的花，而且是花中之花。据说欧美各国把它当作观赏名花来栽培，我心里不免暗暗一笑，殊不知乡下有很多人家把它们种在茅房附近，难不成用来装饰那实在简陋或露天的茅厕？可我写此文时曾再回到那个乡村，站在它们面前我发觉此前的暗笑是无知的，并不是我的记忆出了差错，针金属百合科，自有高贵的底蕴。只是我们从小把它当菜来看待，一般在它含苞待放时就摘下来了，而且生长的环境几乎是稀稀拉拉、杂草丛生之处。如果单株或三两株种植，配一得体的花盆，摆在温馨小居，你就晓得老外们为什么舍不得吃它们了。

其二，张潮把一花一鸟对应起来，且语气没有婉转的余地，我倒忍不住要对侃一番。张潮的意思是杜鹃滴血令人心酸忧伤，萱草

234

的美令人赏心悦目可以忘记忧愁。这忘忧一说源起《诗经·卫风·伯兮》"焉得谖草，言树之背"。"谖"是忘掉的意思。朱熹注："谖草，令人忘忧。"从许慎的《说文解字》到嵇康的《养生论》也是含糊不清地喊着"忘忧"，陶渊明、李峤、黄庭坚、孟郊……诗人、词人们都在忘忧。《卫风·伯兮》里的女子是想念东征的丈夫唱道："自伯之东，首如飞蓬。岂无膏沐？谁适为容！"可见"士为知己者死，女为悦己者容"的心态。然而找到忘忧萱草又能怎样？看在眼里，思念之痛还是钻进心里。所以萱草与忧扯不上多少关系，只是事过境迁人之心情而已，就像韦应物写"本是忘忧物，今夕重生忧"，而高启则是"最爱看来忧尽解，不须更酿酒多功"。

如要真说忘忧的话，《博物志》里有此说法："萱草，食之令人好欢乐，忘忧思，故曰忘忧草。"《本草求真》谓："萱草味甘而气微凉，能去湿利水，除热通淋，止渴消烦，开胸宽膈。令人心平气和，无有忧郁。"这里存在一点科学依据：萱草含丰富的维生素，可以开胸宽膈，解除神经疲劳。

至于针金还有一名为"宜男草"，来自古代民间有妇女怀孕时在胸前佩戴萱草花就会生男孩之说。曹植曾写过："草号宜男，既烨且贞。其贞伊何？惟乾之嘉。其烨伊何？绿叶丹华。光彩晃曜，配彼朝日。君子耽乐，好合琴瑟。"成书于三国时期《吴谱》一书中也有："小院闲阶玉砌，墙隈半簇兰芽。一庭萱草石榴，多子宜男爱插。"这只能看成民间求子心切衍生成来的习俗。林林总总这些，被李渔短短几句泼了冷水："萱花一无可取，植此同于种菜，为口腹计则可耳。至云对此可以忘忧，佩此可以宜男，则千万人试之，无一验者。书之不可尽信，类如此矣。"李渔发言简短精辟，倒也是实话，若吃了真能生男孩，我等讨不到老婆是大事，天下也会一片大乱。

葵　花

很少写到向日葵，突然到了容易感伤的年龄：有几只背着我祖先的麻雀/望了望我这眼熟的旅人/有一棵好心的向日葵/掉下颗籽儿/给我腾出一个朝南的房间（《小镇》）。

有许多事物在你眼前时你没太在意，等你突然怀念它时却一时找不到它的踪迹。比如葵花。我怀疑这怀念的真实。其实我并不喜欢葵花，这花长得过于俗艳，也过于粗糙。或者说，我压根没把它当过花。我只知道它叫葵花，从小就听老师说它向着太阳转，至于究竟跟不跟着太阳转我没仔细观察过，因为年幼时老师的话容易在脑子里形成根深蒂固的概念：它就是随着太阳转的。于是早晨上学、傍晚回家看见它们时，就感觉它们真是随着太阳转的。

在我的故乡，没有人大片大片地种植向日葵，他们种植水稻、麦子、桑树、棉花，向日葵一般三三两两出现在屋前屋后，也有的在田埂边摇晃、发呆，零星在大豆地里圆头圆脑地站着。说起葵花，在我心目中它就等同于葵花子，也就是说我对它感兴趣的只是它那蜂巢般的花盘里密密麻麻排列有序的果实。我对它的记忆一是穿插于读书生涯中上课嗑瓜子的不文明行为；二是中国人传统的茶余饭后聊天的必备零食。因此，它几乎从来没有远离过我的生活。

曾读到一文，言辞间颇为惋惜，说向日葵来中国定居也只有四百余年，于是被《诗经》错过了，被《离骚》错过了，被唐诗宋词错过了。我心里挺纳闷的，农事诗《诗经·豳风·七月》里就明明白白地提到周代农民在农桑之余所顾及食用的各种农作物，其中就有"七月亨葵及菽"；从汉乐府《长歌行》的"青青园中葵"一直到杜甫、梅尧臣、韦庄、岑参等皆有咏葵诗作，例如金坛人戴叔伦（732 年～789 年）就留有"花开能向日，花落委苍苔"的句子。

思来想去，多情的古人虽喜欢泼墨，却也不可能无中生有，难道他们提及的"葵"另有其物？《尔雅》《辞源》也好，《辞海》《现代汉语词典》也好，都没能把这"葵"说得不含糊，《说文解字》里"黄葵常倾叶向日，不令照其根"描写葵的习性倒和戴叔伦的诗句有几分吻合。一般来说，提到植物我比较信任李时珍，《本草纲目》说："葵菜古人种为常食，今之种者颇鲜。"这么一说，"葵"又多了神秘身份，那么作为蔬菜的"葵"和我要说的向日葵会有什么关系？我无法深究，根据现有资料整理，菊科向日葵属一年生草本油料作物，亦称西番菊、迎阳花、葵花等，原产北美。在中国的种植最早见于一六二一年明代王象晋所著的《群芳谱》，称西番菊。一六八八年清代陈淏子《花镜》始称向日葵。

说到陈淏子的《花镜》，我对其中的描述颇为不满，"结子最繁，状如蓖麻子而扁。只堪备员，无大意味。"备员意即充数、凑数，大概指充凑款待客人的糕点之类的零食之数。言辞间带一丝不屑。不妨说四书五经可谓大餐，唐诗宋词可谓点心，明清小品可谓零食，它们都不可或缺。比如说这瓜子，嗑瓜子就像读《幽梦影》，嗑一粒就是读一段，口有余香。

空间转移。在阿尔，一个人说过："我想画上半打的《向日葵》来装饰我的画室，让纯净的或调和的铬黄，在各种不同的背景上，在各种程度的蓝色底子上，从最淡的维罗内塞的蓝色到最高级的蓝色，闪闪发光；我要给这些画配上最精致的涂成橙黄色的画框，就像哥特式教堂里的彩绘玻璃一样。"他在十二月病倒后，借绘画帮助自己恢复健康，他的用意是利用色彩表现自我："我越是年老丑陋、令人讨厌、贫病交加，越要用鲜艳华丽、精心设计的色彩为自己雪耻……"但死命想抓住的这个世界还是缓慢又无情地溜走了。这个人就是梵·高，提到向日葵好像绕不过梵·高了，作为梵·高式的代名词，我难以想象它给他所带来的艺术激情。

我依然不喜欢向日葵。"它的忧郁/是没有村庄的太阳的忧郁/它的孤独/是没有青苔的石头的孤独/最后一棵向日葵/在行将到来的暮色里/跪成乡村的守灵人"（《最后一棵向日葵》），我只知道葵花不是用来看的，它是庄稼。我对它的想念，是对无止境壮大的城市间慢慢消失的村庄和田野的想念；我对它的渴望，是对从质朴的印地安人到中国底层农民对农业文明所奉献的智慧的尊重，以及对遍地生长的朴素无华的金色农业思想的赞美。

婆婆纳

后来，我知道了它的名字。曾打过一个比方，在我汉语扁担的两头分别悬挂了一个词语，一是代表真诚的布谷，还有就是《绿手帕》自序里写的："我特别喜欢故乡田野上的一种小花，蓝盈盈的，仿佛一直对你眨着眼睛，她们就像一群双眼皮的女儿。她有一个很老的名字：婆婆纳。也是，每一位慈祥的婆婆都会回到孩子，她教诲我一个词语：质朴。"（这第一段文字是我为好多年前写的文章加上去的）。

清丽。简约。南方春天的基色。在大地裸露的皮肤上，花草们齐齐现身，醒目地虔诚地颂唱泥土给予的力量。我在十米囚室，肺叶慵懒，关节生锈，再无法加入它们一起与幸福为伍。"打开古老的布匹/我颤抖地捧出/蜜蜂的小调/蝴蝶的碎舞/还有几朵蓝蓝的小花/慰我以晴朗/还有几朵蓝蓝的小花/像婆婆一样慈祥"（《蓝花》），我总忘不了一种小花，淡淡的蓝，在路边，在墙角，在田野……无数扑闪在南方大地上的婴儿的眼睛！故土的长辈们没有告诉过我它的名字，事实上我也从没听见他们喊出过它的名字，以致多年以后，我这样为自己温情地狡辩：我喜欢没有名字的野花，我喜欢野花的名字就叫野花。

我无法确定认识的第一个汉字是什么了，我相信和我一起坐进幼儿园的同班同桌也难以确定，如果不让我们找到并翻开一九八六年版的小学《语文》的话。我只记得我第一首能背的诗就是骆宾王的《鹅》，如同我还没有记住自己精确的籍贯就能记住了我第一种认识的植物一般，难以磨灭。再次，我第一首记住的诗并没有让我首先记住诗人为谁，也如同我记住了第一种植物的容貌但并不晓得它的名字一样。而这些与那小花无甚关系，她们在窗外各自芬芳，我们在窗内不约而同地开成了一只只背诵五讲四美三热爱的"小喇叭"。许多年以来，我把这个现象归结为一个固定词根：中国式教材。

若干年以后，我也做了诗人，我固执地认为我是个诗人。有时候我觉得我比我记住的第一首诗的作者更像一个诗人。所以我第一次让我认识的第一种植物在我的诗歌里开放，"小小平原，一方手帕/婆婆纳蓝紫的梦边/我是安睡的婴儿/满嘴奶的芬芳/富足的庄稼地/喂养着肥壮的麻雀/三月播种，九月采摘/茴香洗濯陈年霉味/我是将成年的父亲/满嘴酒的芬芳/长成老者的是树/变回孩子的是奶

婆婆纳

奶"（《关于我的故乡》）。

婆婆纳，这个名字显老。婆婆原本就具有很老的年龄本质。纳，在我的记忆惯性里，也就是与鞋底有所关联的一个动作的命名。能够纳鞋底的一般是个女人，这女人，小则如我刚出生时母亲的年龄，大则无穷限。"婆婆"和"纳"加一起，仿佛是一个缓慢又苍老的叙事过程，场景里甚至还差一副老花眼镜，一个顶针，一只针线匾……而婆婆纳只是一种植物，我发觉我的叙事过程也有所苍老，甚至带点"狡黠"，我的叙述也第一次感觉在转弯抹角地避开妻子的询问：你的初恋究竟是个什么样子？

大抵上有如此名字的花草总有个或美丽或凄凉的故事，但婆婆纳就是没有一个故事，哪怕简单点牵强些的故事，也能让我感觉宽慰一点。我就想象着最初的想象：有个慈祥而耐心的婆婆一针一线永远反复地纳着鞋底……那鞋底就是江南温润的泥土，星星点点盛开的婆婆纳像那密密麻麻的针脚，所谓一针一线即冬去春来。

婆婆纳，南方乡间最小最美的花。小是因为我没见过比它更小的花（如果那花小得我已经不太情愿承认是花朵的话），美是因为我没见过比它更美的花（如果花的美是由我的审美作为四项基本原则的话），我的解释又近乎于狡辩，但我的狡辩源于我生活在只容许狡辩的土地和年代。我把婆婆纳比作婴儿时期的张羊羊，那么，之后张羊羊的一生还会比他婴儿时期更小更美吗？需补充的是，婆婆纳除了最小最美之外，还有最真的珍贵品质，这一点我早已羞于提起。它忠实于土地、时节和气候，而我似乎成了一个不知如何归类的物种。

婆婆纳，我内心细腻但不懂得植物学的专业术语，只能如蜡笔般稚拙地口述你的容貌：茎直立，自基部分枝，下部略偃伏，高十至三十厘米，全身披细软毛，叶卵状长圆形，边缘有粗钝齿，花单生于苞腋，花柄细长，花瓣四片，花冠淡蓝色，有深蓝色脉纹，越年生或一年生草本，花期三月至五月（至于"田园中常见杂草，主要危害小麦、大麦、蔬菜、果树等"我在此否认，因为历史记录，在中国土地上有很多人用吃马兰头的方法通过这种植物度过饥荒的年月）。

老实说，我宁愿永不知道这花的名字，一生中有一种熟识但并不知道名字的花，不妨说是一种幸福。这幸福像个巨大的容器，盛满光阴里的含糊之美梦幻之美，我就可以永远为自己温情地狡辩：我喜欢没有名字的野花，我喜欢野花的名字就叫野花。

杜　若

　　小的时候就喜欢凑数。掰了手指头数西瓜、南瓜、北瓜，屋前屋后没东瓜就以冬瓜替代。其实这些瓜并不是以生长方位来起名字的，冬瓜也与冬天没关系，只是它成熟后的皮上有一层白霜一样的粉末。我觉得，冬瓜就得改名为东瓜。

　　长大了读白居易《北园》："北园东风起，杂花次第开。"没耐心翻太多书，就把戴复古的《初夏游张园》里"东园载酒西园醉，摘尽枇杷一树金"一下子凑了俩。南园呢？南园就很富裕了，李贺就有《南园十三首》，有意思的是《李贺全集》里把《南园十三首》与《南园》分了开来。

　　《南园十三首》中，李长吉在第四首说三十岁不到而二十有余了，每日饥肠辘辘，只能以幼嫩的蔬菜来充饥，但内心还想有些作为的；到《南园》时，他却说，想在昌谷的园子里饮酒消闲，终老于此，以歌吟楚辞度过余生。写这首时，李长吉已辞官归乡。那年他多大年龄呢？具体我也不清楚，我只知道李长吉生于贞元六年（790 年）前后，也有约公元 791 年之说，辞官那年是元和八年（813 年），27 岁时就英年早逝了。

一个二十几岁的人，想着饮酒读《离骚》以终老，我仿佛听到了来自一千多年前一声唐朝的叹息。那个雨后的夏日，他身着儒服，头戴方巾，腰佩蕙带，徘徊在昌谷南园，空气中弥漫着杏子、梨子的果香。这身打扮不是我凭空想象的，他写的第一句就是——方领蕙带折角巾，杜若已老兰苔春。

南园里各种草木很多，这个李长吉生了病还掀开椒叶覆盖的酒坛，倒上一杯木兰浸泡的老酒，轻啜一口，扶着病体到船边种植菱茎。南园里有杏树、梨树那是确定的，有没有杜若和兰苔呢？那是李长吉读楚辞的心境，会不会幻觉中把杜若与兰苔从纸上搬到了园中？

《楚辞·九歌·湘君》有"采芳洲兮杜若，将以遗兮下女"句，之后南北朝的谢朓说"芳洲有杜若"，宋朝的苏东坡和张元干说"无限芳洲生杜若""绿卷芳洲生杜若"……满眼芳洲，时空里一片茂盛的杜若在长着。只有黄仲则新鲜一点，他在耒阳杜子美墓前凭吊，写下"遗骨风尘外，空江杜若春"——空静的江水畔，也是杜若的好住所啊。我不由地问自己，你见过杜若吗？

我没听说过杜若，从图片上看我是见过的。开白色的花，样子像蝴蝶，果圆球形，暗蓝透紫的那种，在草丛中一颗颗珍珠似的很显眼。我小的时候摘过它，摘完就扔了，不晓得那果实有什么用处，反正不能吃。乡野能吃的果实我们都认识、都吃过，不可以吃的绝不会去尝试。但现在我晓得，它可以是一种治疗某种病的中药，我生活的地方，几乎每一种植物都可以入药的。一种认识的喊不出名字的植物突然有了名字，而且很好听，这让我有点不习惯，因为我想知道它在乡下的乳名。

我问妈妈，妈妈说不出来；我问奶奶，奶奶也说不出来。如果连奶奶都说不出来，哪怕是在我的出生地它真的没有名字了。这样也好，写了一本故乡草木的书，终于有一种写起来模模糊糊的，倒也完美了些。杜若，杜若，杜若……故乡慢慢远去了。

茶

茶是故乡写给我的最后一封信。

这信，怕是一辈子也读不完。

写茶的文字写过不少，一时觉着有点后悔，于茶这样简洁的事物，似乎是多余的。

薛涛笺上，不适合用金冬心的侧锋。

花茶我是不喝的。茉莉也好，雪菊也好，它们从来就没长过茶的样子。再说，一个男人喝点花酒，遇上几个谈得来的有品位的女子，也是美好的事。若独自喝花茶，像是轻浮地偷偷照镜子。

甘肃有个姐姐说要给我寄三泡台，可高兴了，收到一看，原来不是酒。一包一包的，茶叶、枸杞、桂圆、红枣、冰糖，没喝嘴巴里就甜腻腻的了。说三泡台要用盖碗，有了"敬"的仪式，我就送给妈妈了，妈妈说很好喝。

七碗生风，一杯忘世，说的是茶的事，挂到我嘴上，却更有了酒味。

袁子才的茶单，我都喝过。或者说，袁子才的茶单跟我的茶单比，简直太单薄了。他心仪的武夷茶，我几乎不喝，香味过了。龙井我也不喜欢，有股豆饼味，一口下去，小时候闻过的猪食味就上来了。"深碧色，形如雀舌，又如巨米"的阳羡茶相对亲切，宜兴和我同属一个地理。一个著名数学家尝了家乡人送去的茶叶后，深情地说过："香，香不过家乡茶；亲，亲不过故乡人。"喝茶就是这么个事。

宜兴的红茶也非常好，天气凉了，可以暖胃。普洱茶虽也养胃，可有点腥。

碧螺春是好看，茶味太淡，白茶也是这样。适合女子掩袖而饮，香气淡，被袖子一挡，全部嗅了进去。不过，一天喝下来，换五次叶子还不够。麻烦，也费钱。我常喝的是青锋，味浓，一天换三次叶子差不多了。而且，青锋听起来也有侠气。

有年去扬泰之地，发觉那似乎犹爱春天，茶曰绿扬春，酒曰梅兰春。"鸭嘴泉中水，登月湖畔茶"，真是个好联子。可那茶喝起来，还是涩了点。

我有俩制茶多年的友人。一位是溧阳的霍先生，他的"翠柏"以采摘时间，取名"破壳""饮露""飞雁""玉女"，名儿听了就很迷人。还有一位金坛的金文琴，琴姐本是作家，她的"半亩地"

就有我最爱的青锋茶。去年春天，我一直在北方，正当念想家乡茶，他们都给我寄来了南方的新鲜呼吸。大箱大箱的，我怎么喝得完呢？与北方同学分享，他们实在为这份精致所惊讶。四月的日子，幸福得有点毛茸茸的痒痒。

在北方时，浅浅送了罐"正山堂"的野茶于我，说是她父亲贾平凹先生平时爱喝的。因为我不爱武夷茶，就没打开。回来半年后好奇贾先生爱喝的茶是什么味道，随手泡了壶，茶叶粗看比较黑糙，茶色却出奇地清澈，更无野性，十分温顺。原来武夷茶确有暖人之处，只是于喧嚣中躲了起来。

我出生的地方有好茶的。只是名头没有龙井、碧螺春大，茶场被人"挤"得越来越小，"翠竹""新月"等茶稀少了。每年早春藏上一点，慢慢喝，我特爱看它们在水中舒展开来的样子，像个孩子，揉一揉睡眼，醒了。真的很是美妙。

寻常的，拒绝拔高的

——为张羊羊《草木来信》作

翟业军*

从一开始，草木就是中国文学主要的书写对象。孔子"煽动"弟子们读诗，说诗可以兴观群怨，"迩之事父，远之事君，多识于鸟兽草木之名"——认识鸟兽草木的名字，竟是跟事父、事君一样重要的大事。久而久之，每个中国人的心中都深植着一株《论语》里的松柏："岁寒，然后知松柏之后凋也。"《诗经》里的绿竹也在召唤着我们进行人格的自我砥砺和完成："瞻彼淇奥，绿竹猗猗。有匪君子，如切如磋，如琢如磨。"屈原没有夫子的理论眼光，只是本能地、一根筋地沉迷于香花异草的海洋，真是沉迷啊，以至于

---

  * 翟业军，1977 年出生于江苏宝应。文学批评家，浙江大学文学院教授。

人、花不辨，人原本就是花魂，花无非就是人魄。正是这一种人、花合一的"谵妄"，造就了一位高冷、艳异，好像自带烟熏效果的美大叔，他的命运也就只能像一朵最美好的花，怒放，接着就是枯萎。到了司马相如的"上林苑"，草木在各种闻所未闻的，生僻、繁复到高贵的名目之下向我们涌来。胡兰成说，这是汉代人为世界命名的冲动，他们的生命力真是旺啊；我却说，这是整个大汉王朝在咳金唾玉，每一株草木都是一枚惊艳如异星，对于王朝来说却是家常的宝物，自在地开落于自己的瑶池。

　　诡谲的是，越是说草木，草木就越发地被人格化，草木本身倒是不在的，它们被删除了。比如，"岁寒三友"必须是寒的，"岁朝清供"只能是清的，"衙斋卧听"之竹则一定是萧萧的，而寒、清、萧萧以及枯、冷、瘦、空、静之属，说的哪里是草木，这样的草木只是君子或者高士之澡雪精神的一厢情愿的投射而已——这就是所谓的"比德"传统。"比德"带来两重后果：草木被拔高了，它们只能以挺立或超尘的姿态与同样挺立或超尘的人们肩并肩站着，此挹彼注；寻常的、无法被拔高的草木注定入不了文人的法眼，你能想象五柳先生摘着一棵青菜，悠然见到了南山？

　　让我颇觉意外的是，到了《草木来信》，张羊羊斩决地拒绝了梅："我个人并不是很喜欢梅花，说不出来的感觉，没叶子的花看着老别扭的。"他当然知道，梅有着一个源远流长的意义系统，于是，他把这个意义系统（"梅妻鹤子""六大古梅"等）连根拔起，让它们衰竭，露出苍白的、一如俗物的面孔。梅的神话一破除，梅之"傲"也就成了虚张声势，底子里竟只是势利，而现世里的梅园就更显得多事了，于是，他批评村子里一个暴发户的营造梅园之举："'傲梅园'这名字取得一点也不好，就像那个长大了的孩子满脸的傲气。"张羊羊当然清楚，拒绝梅，不只是在表达对于某一草木的好恶，更是一种文化姿态的大声宣告：我是要跟整个"比德"传统决裂的，因为梅居于"比德"的核心处，它一脑门子想着"只留清气满乾坤"，所以，拒绝"比德"，从拒绝梅开始。行文至此，我猜，有些读者开始焦虑了：如何想象与"比德"了无干系的满纸草木？没有骚人墨客的自我投射，只是作为自身而存在着的草木又有什么意义？是的，作为童话诗人的张羊羊哪里懂你的劳什子意义，他的迷离醉眼也无力穿透对象去追索意义，他更要小心翼翼地清理掉意义的蒺藜，冲破梅兰竹菊的围困，放自己奔向长满了寻常草木的大地。因为醉了，他的步履是踉跄的，会摔倒的，摔倒也没有关系，因为这里是草莓，那里是菱角，每处都是一个浆果的梦，够他稳稳地度过他的今生了。

好了，说到寻常草木了。所谓寻常，就是不寒、不清、不萧萧，不是可画而是可吃、不是可思而是可用的，满溢着人间烟火气的对象。不，不是对象，因为我与它没有距离，它补充着我，它成

254

为着我，而我则长养着它，照料着它。千万不要以为烟火气单单是温暖的、明净的，它也可能是涩的、呛鼻子的，就像我们走过一片碧绿的菜畦，正在赞叹成行、成垄的青菜的喜人，一阵风过，却飘来一股刚刚浇过的粪水的微臭。张羊羊正视着烟火气的涩和微臭，他知道，回避了它们无异于另一种拔高，他更知道，涩和微臭是烟火气的刚的、韧的部分，正是它们使得烟火气有力量从亘古绵延至当下还要飘向渺茫的未来，也正是它们让烟火气有了鸢飞鱼跃、随风自俯仰的灵动，一如"一庭春雨瓢儿菜，满架秋风扁豆花"的欢喜。

张羊羊太珍视寻常草木之寻常了，拒绝所有形式的拔高。于是，他耿耿于怀于沈从文说茨菰的"格"比土豆高，在他看来，"格"正是"比德"的残留，寻常草木何"格"之有，有的、重要的只是茨菰的清苦味和它的就像是一个"安静的孩子"的外形："胖胖的，圆圆的，尾巴是粉红色的。"拒绝拔高，就不是把我投射向草木，而是让草木朝着我诉说，朝着我打开它们所有的隐秘，我也在此打开中被深深地改造，我变得谦卑、怯懦，我是如此的感恩——不是一个谦卑的我，如何听得到草木的低诉，更何况正值一个马达轰鸣的钢铁时代？

正是在此意义上，张羊羊给自己的散文集命名为草木"来信"，他既虔诚又沉醉地一一展读；也是在此意义上，张羊羊称自己的写作是一种"生态文学"，因为生态的第一要著，即是那个嚣张、跋扈的我的退隐。我还想加一句，张羊羊的写作又是人道的，这里的人指的是寻常人，因为寻常草木就是寻常人的恩物。想起郑燮的一段家书："天寒地冻时，穷亲戚朋友到门，先泡一大碗炒米送手中，佐以酱姜一小碟，最是暖老温贫之具。"我想，寻常草木就像一大碗炒米，正是"暖老温贫之具"，张羊羊的写作亦可作如是观。